KB185690

서리달에 부르는 노래

서리달에 부르는 노래

초판 1쇄 인쇄 · 2024년 11월 20일
초판 1쇄 발행 · 2024년 11월 25일

지은이 · 오인순
펴낸이 · 한봉숙
펴낸곳 · 푸른사상사

주간 · 맹문재 | 편집 · 지순이 | 교정 · 김수란, 노현정 | 마케팅 · 한정규
등록 · 1999년 7월 8일 제2－2876호
주소 · 경기도 파주시 회동길 337-16 푸른사상사
전화 · 031) 955－9111(2) | 팩스 · 031) 955－9114
이메일 · prun21c@hanmail.net
홈페이지 · http://www.prun21c.com

ISBN 979-11-308-2195-5 03810
값 18,500원

이 책은 제주특별자치도와 제주문화예술재단의 2024년 제주문화예술재단
지원사업 후원을 받아 발간되었습니다.

서리달에 부르는 노래

오인순 수필집

작가의 말

꿈에서 깨니 '꿈틀거리다'라는 단어가 혈관을 타고 흐릅니다. 아름답고 힘들었던 순간을 품고 살아온 지난 일들이 꿈틀거리며 기어 나옵니다. 주방에서도 텃밭에서도 추억의 그림자를 밟고 꿈틀거립니다. 쓸쓸하다고, 따뜻한 봄을 기다린다고.

교직 생활을 마무리하고 음식 공부로 동분서주하다 수필이란 친구를 만났습니다. 그 친구와 지난 이야기를 하며 사랑을 나눈 지 7년이란 시간이 흘렀습니다. 그 사랑이 늘 달콤했으면 좋으련만. 때론 얄궂을 때도 있었고 귀찮다고 등을 돌려 다른 길을 찾아 헤매기도 했습니다. 그러다 보니 이제야 제 길을 찾았습니다.

삼 년 동안 새벽 시간에 책을 읽고 글을 쓰며 내면의 소리를 들었습니다. 기억의 조각 속에 그리움과 상처가 많이 있었습니다. 그릇에 그것을 담고 사유와 성찰이란 양념으로 감칠맛이 나도록 끓이기도 하고 무쳐봤습니다. 시간이 흐를수록 조금씩 위로가 되고 향기가 났습니다.

늦은 인연이지만 후회 없이 아주 가까이 있는 것처럼 스며들며 사랑하고 싶을 뿐입니다. 이제 부끄럽지만 그간 나누었던 이야기를 처음으로 펼치고자 합니다. 따스한 마음으로 음미해주시길 바랄 뿐입니다.

일생 고단하게 살아오신 어머니와 시어머니, 회한의 그리움 밥상을 차리며 이 글을 바칩니다. 그리고 변함없이 뒤에서 응원을 아끼지 않은 남편 나기철 시인에게 고마움을 전하고, 글벗이 되어준 모든 인연들에게도 감사의 인사를 전합니다.

2024년 가을

오인순

차 례

작가의 말 4

1부 서리달에 부르는 노래

또 잊으셨나요 11

문어의 환생 15

호박꽃 19

서리달에 부르는 노래 23

또 먹고 싶다, 그 청묵 27

어머니의 금방석 30

우산 속의 로망스 36

고등어 두 마리 40

장끼 울음소리 44

2부 나비의 꿈

몸국 51
콩죽, 죽을 쑤다 56
나비의 꿈 60
동백꽃 피는 봄날 63
나무도 열매를 맺을 때 아프다 66
는쟁이범벅 71
솔잎 그리움 되어 75
효돈천에 어린 그림자 80
멍석딸기 85
새벽에 서다 90

3부 비 오는 날 그 꽃

이 가을 토란에 젖는다 95
당신을 따르리 99
수타면 한 그릇 103
고독 속에 꽃은 피고 107
마지막 한마디 112
비 오는 날 그 꽃 116
담쟁이 120
엔딩 파티 124
11월에는 128

4부 그녀 효영이

갈까마귀처럼 135
준휘가 차린 밥상 139
봄, 그렇게 144
구름 키스 148
그땐 왜 알지 못했을까 151
뜰에서 배운다 155
그녀 효영이 159
보목리 솟대 164
초록이 온다 168

5부 춤추는 여름 식탁

신을 위한 잔치 175
배추가 수영하고 있어요 180
떨켜를 읽는 아침 185
춤추는 여름 식탁 189
나의 소울푸드, 양하 193
우리 춤을 추어요, 베사메무초 197
쓰리 킴의 질풍노도 200
탱자나무 207
해 질 무렵에 211

1부

서리달에 부르는 노래

또 잊으셨나요

오일장에 가려고 나서는데 자동차 키가 놓는 곳에 없다. 여기저기 찾아봐도 보이지 않는다. 부엌에도 가보고 전날 입었던 옷의 호주머니를 뒤져봐도 없다. 잃어버렸다는 것보다 잊고 있다는 것에 마음이 불안해진다. 신경이 곤두서고 차분하던 마음에 파도가 인다.

하루의 시작으로 돌아가 머릿속을 더듬는다. 자동차 안의 가방을 꺼내려고 문을 열고 닫았었지.

그다음은 어떻게 했더라. 머릿속의 저장 창고가 퉁명스럽게 말을 건넨다. '돌 위에 자동차 키를 놓고 텃밭을 돌아봤잖아.' 하며 문을 열어준다. 그것도 모르고 집 안에서만 찾으니 있을 리가 없다.

남편에게 자주 잃어버린다고 타박했던 게 미안하다. 그는 잃어버리고 다니는 일이 너무 많다. 비 오는 날 우산을 들고 나갔다가 놓고 오는 일은 말할 것도 없이 부지기수이다. 안경을 호주머니에 넣고 다니다가 꺾어지거나 잃어버리는 일이 너무 잦다. 모자도 비싼 것, 싼 것 가리지 않고 자주 잃어버린다. 그 외에도 잃어버리는 것이 셀 수도 없다.

너무나 황당한 일도 있었다. 교직 생활할 때 남편은 유럽 여행을 할 수 있는 행운을 얻었다. 현재의 삶에서 벗어나 어디로 떠난다는 것은 흥분되는 일이 아니던가. 그렇지만 여행을 떠나려니 잃어버리는 일이 잦은 그가 걱정되었다. 어머니가 아들을 멀리 보내는 마음이었을까. '잃어버리는 것은 없을까. 여권은 잘 챙기고 다닐까. 일행들에게 피해를 주지는 않을까.' 하는 불안감이 가득했다.

여행 중간에 기쁜 목소리로 여행을 잘 하고 있다는 전화가 왔다. 안심되었다. 내가 아는 선생님과 함께 다니며 맥주도 마시고 즐겁게 다니고 있다고 했다. 프랑스가 자신의 취향이라며 즐거워했다. 몽마르트르 언덕 화가들, 한없이 따뜻한 센강의 언어, 촉촉하고 윤기 나는 찬란한 아침, 낯선 사람과도 미소로 주고받는 묵직한 음성의 인사, "봉주르~"는 다정하고 친근하게 느껴진다고 했다. 카페에서 새어 나오는 피아노 선율이 거리를 채우고, 어디선가 풍기는 고소한 빵 냄새와 짙은 커피 향이 무딘 감각을 깨운다며 힘찬 목소리로 말을 이어갔다. 그러면서 어니스트 헤밍웨이가 왜 "파리는 날마다 축제"라고 했는지 알 것 같다고 했다. 그렇게 남편은 꼭 다시 오리라 다짐하며 우아한 파리의 샹송에 빠져서 다녔다.

여행이 끝나고 집으로 돌아오는 날, 제주공항에 도착했다고 연락이 왔다. 조금 있으면 집으로 온다는 전화다. 얼마 지나지 않아 신난 발자국 소리가 들린다. 그가 기쁜 표정으로 현관문을 열어젖히며 들어선다. 그런데 달랑 깡마른 몸뿐이다.

"가방은?"

"차에 놓고 내렸네."

화들짝 놀라서 당황한 표정을 짓는다. 잠시 멈칫하더니 태연하게 큰 소리로 말한다.

"나만 잃어버리지 않고 왔으면 되잖아."

당당하다. 나는 옆구리가 터지려는 마음을 가라앉힌다. 그에게 있을 수 있는 일임을 인정할 수밖에 없다.

시내버스 회사에 급히 전화했다. 버스에 가방을 놓고 내렸는데 어떻게 찾을 수 없냐고 물었다. "그 시간대 차에 연락해볼 테니 기다려보라."고 친절하게 답해주었다. 몇 분 지나니 연락이 왔다. 하귀리에 있는 사무소로 가서 찾아가라는 것이다. 어이없던 기분은 사라지고 은근슬쩍 웃음이 났다. 그는 환한 미소를 지으며 안도의 숨을 쉬는 것 같았다.

누구에게나 잃어버리는 것은 순간이다. 살다 보면 잃어버리고 잊어버리는 일은 자연스러운 현상인지 모르겠다. 세월이 흐르면서 화석이 되어가는 몸뚱어리, 기억력은 나빠지고 쌓인 기억 중 일부는 망각의 창고로 옮겨진다. 그러나 의미 없는 기억만 하나하나 털어낼 수 있으면 얼마나 좋겠는가. 머릿속의 배설물 같은 찌꺼기를 치우고 나면 인생의 중요한 것이 제대로 보이지 않을까.

요즘은 책을 읽은 후 며칠이면 내용이 송두리째 새어나가 사라지고 만다. 밑줄 치며 필사까지 했는데 내용이 기억나지 않는다. 답답하고 막막하다. 이럴 때면 '기억나지 않는 책을 왜 읽지?'라는 물음에 당황하곤 한다. 그렇지만 콩나물시루를 생각하며 마음을 다독여본다. 시루에 물을 주면 밑 빠진 독처럼 물 한 방울도 남기지 않고 빠져나간다. 헛수고인 것 같지만 그 물로 몸을 적시며 콩나물이 자라듯 서서히 스며들기를 바랄 뿐이다.

무엇보다 중요한 것은 자신을 잃어버리는 일이 아닐까 싶다. 어쩌면 우리의 불행은 자신을 잃어버리는 그 순간부터인지 모른다. 나뭇잎도 낙엽이 되면 떨어진다. 우리는 자신을 잃어버린 게 아니라 자신에 대한 기억을 잊는 것은 아닌지.

망각 템포는 쉬지 않고 걸어간다. 기억의 방도 비어간다. 오늘도 숨을 돌리며 나의 길을 찾아보고자 책을 부여잡는다. 펼쳐보니 얼마 전 읽은 책이다.

또 잊으셨나요.

문어의 환생

올해 여름은 유난스레 날씨가 뜨겁다. 얼굴이 달아오르고 어깨는 늘어지고 심장은 헉헉거리게 된다. 계절 중에 여름을 제일 좋아하는 남편도 연신 흐르는 땀에 선풍기를 끼고 있다. 무기력해진 남편을 보니 안타까운 마음에 보양식을 해주고 싶었다.

얼른 옷을 갈아입고 수산물 도매상점에 갔다. 상점 안에는 사람들이 북적거렸다. 전복, 문어, 새우, 오징어, 조개……. 싱싱한 온갖 해산물이 즐비했다. 무엇을 살까 망설이다 먼저 전복을 골랐다. 통통한 삶은 문어도 사려고 고르는데 가게 주인이 퉁명스레 말했다.

"살아 있는 문어 사시지, 왜 삶은 것을 사려고 하세요?"

갑작스럽게 던지는 말에 나는 당황해 얼버무리며 문어가 있는 수족관으로 갔다. 여러 마리가 거무스레한 다리를 쫙 벌리고 바닥에 달라붙어 있었다. 듬직하고 힘이 됨직한 2킬로그램짜리 한 마리를 골랐다. 가게 주인이 전복과 문어를 검은 비닐에 포장해주었다.

승용차 뒷자리에 놓고 집으로 향했다. 어떻게 만들어야 남편이 맛있게 먹을까 하는 생각으로 머릿속이 가득 찼다. 레시피를 생각하며 마음은 벌써 주방에서 식탁 위에 세팅까지 하고 있었다. 식탁에 떡 벌어진 상차림을 마주하고 입꼬리가 올라가는 그의 모습이 그려져 웃음이 나왔다.

아라동에서 봉개동으로 들어서는 입구 모퉁이를 돌 때였다. 뒷자리에서 부스럭부스럭 소리가 들렸다. 신경이 거슬렸으나 빨리 집에 가고 싶은 마음이 앞서 무시했다. 그런데 갈수록 소리가 크게 들렸다. 그렇게 얼마쯤 더 갔다.

"푸후~, 푸후~"

깊은 한숨 소리가 들렸다. 꼭 사람이 내쉬는 한숨 소리 닮았다. 순간 심장이 오그라드는 듯했다. 나는 뒤를 돌아볼 수가 없었다. 누군가가 나를 누르고 내 머리를 후려칠 것만 같았다. 문득 문어를 인간의 피를 빠는'악마의 물고기'로 그린 빅토르 위고의 소설『바다의 노동자』한 장면이 떠올랐다. "당신이 문어의 다리 속에 안기면 그 악귀는 자신의 몸을 사람의 몸과 섞어 버린다. 사람의 피가 악마의 피와 혼합되는 것이다. 그렇게 되면 사람과 악마는 하나가 된다. 칭칭 감겨 꼼짝 못 하고 있는 당신은 몸속의 피가 문어의 그 무서운 자루 속으로 빨려 들어가……."

"비늘 없는 생선을 먹지 말라."는 성경 구절의 영향으로 북유럽에서는 문어를 거의 식재료로 사용하지 않는다고 한다. 머리에 다리가 달린 문어의 기괴한 생김을 보면 그럴 법도 하다. 거기까지 생각이 미치자 공포가 나를 휘감았다. 검은 비닐 속의 문어가 일어나 먹물을 뿜어내면서 다리 여덟 개로 나를 옥죄며 일갈할 것만 같았다.

"넌 내 심장이 세 개이고 피가 푸르다는 걸 모르지? 오늘의 널 잊지 않을 거야."

잠시 시간이 멈춘 듯했다. 뒷자리에 유령을 태우고 가는 듯 얼어붙은 마음으로 운전을 하면서 집에 가고 싶은 생각뿐이었다.

10분이 지났을까. 다시 푸후~, 푸후~ 한숨 소리가 들렸다. 이번에는 해녀의 숨비소리마냥 더 깊은 한숨을 쉬는 것이었다. 그러더니 갑자기 조용해졌다. 차 안은 태풍의 눈처럼 기분 나쁜 정적이 엄습하고 있었다. 한시바삐 차 안에서 벗어나고 싶었다.

집에 어떻게 도착했는지 모르겠다. 오자마자 남편에게 문어를 사 오면서 공포로 떨어 온몸이 땀으로 뒤범벅된 이야기를 늘어놓았다. 그는 보양식 생각보다 문어가 한숨을 토해냈다는 것이 신기한 듯 여러 번 물었다.

"진짜 문어가 한숨을 쉬었어? 신기하네. 놀랐겠다."

"더 이상 묻지 마세요. 아직도 푸우~ 하는 것 같아요."

쫄깃하고 탱탱한 문어 숙회를 기다리는 줄은 알지만 나는 도저히 음식을 만들 마음이 생기지 않았다. 검은 봉지에 싼 문어는 구겨진 채로 냉동실로 보내고 말았다. 결국 보양식은 전복 요리로 대신했다.

얼마 전, 인간과 문어의 우정을 그린 〈나의 문어 선생님〉이라는 다큐멘터리 영화를 본 적이 있다. 포스터 감독은 문어와의 만남을 삶의 터닝 포인트로 잡고 매일 바다로 뛰어들어 문어와 사귀었다. 손을 내

밀어 문어와 악수를 나누는 모습은 짜릿한 광경이었다. 문어는 먹잇감을 사냥할 때는 매섭게 달려들기도 했지만, 위험에 처할 때마다 위장 전술도 뛰어났다. 상어를 만나 한쪽 다리가 잘려 나가도 홀로 이겨내며 살아냈다. 행복한 짝짓기를 한 후에는 알을 무수히 낳고 나서 죽음을 맞이하기도 했다. 문어는 배, 머리, 다리 순으로 이루어진 구조로 인간과는 다르나 살면서 고통을 느끼고 사랑하고 생을 마치는 모습은 인간과 다를 바가 없었다.

다큐 영화를 보니 잊었던 문어가 다시 떠올랐다. 냉동실을 뒤져 검은 비닐을 찾아냈다. 비닐을 풀고 문어를 꺼냈다. 검은 봉지에 구겨 넣어 냉동시켜버린 문어에게 미안함이 밀려왔다. 수족관 장례식은 아니지만 장례식을 해주기로 했다.

앞마당 구석에 심은 호박 뿌리 옆에 묻어주었다. 그 후 호박 넝쿨이 문어 다리처럼 고추 묘목 사이로 힘차게 뻗어나가더니 노란 꽃을 피웠다. 어느 날 그곳에 호박 한 덩이가 달렸다. 꼭 문어 머리만 했다. 문어가 호박으로 환생한 것 같았다. 마음이 조금 편안해졌다.

호박꽃

4월 봄날. 텃밭에 호박씨 몇 개를 묻어두었더니 며칠 후 새순이 올라왔다. 타들어가는 더위 속에서도 잎을 키워 줄기를 타고 고속 질주하며 드디어 꽃을 피웠다. 오렌지색 별 모양의 꽃들. 채송화처럼 여러 색깔을 내지도 않고 아기자기하지도 않다. 그렇다고 장미나 모란처럼 화려하지도 않고 수선화나 금목서처럼 향기가 뛰어나지도 않다. 그저 수더분하고 소박하다. 시골의 후덕한 아주머니처럼 포근하다.

연일 울려오는 폭염주의보, 그 지독한 무더위 속에서 나를 달래주는 것은 호박꽃이다. 호박꽃이 핀 텃밭에 앉으면 마음이 푸근해진다. 황금빛 트럼펫처럼 하늘을 향해 거창한 음악을 연주하는 것 같다. 그 옆에서 작은 소리로 응원하는 오이꽃도 귀엽다.

호박꽃에 벌들이 날아왔다. 암꽃 수꽃을 찾아 옮겨 다니는 모습이 엄마와 아빠 앞에서 어린아이들이 재롱을 부리는 듯하다. 어디 있다가 나타났는지 잠자리가 춤을 춘다. 벌과 잠자리와 호박꽃의 갑작스러운 합동 공연이다. 나는 관람료를 내지 않아도 되는 관객이 된다. 한동안 눈을 감고 가만히 귀를 열고 그들과 함께 공연에 빠져든다.

호박꽃도 꽃이냐며 세상 사람들이 꽃 취급을 해주지 않아도 나는 호박꽃을 사랑한다. 아마도 나를 닮아서인지도 모르겠다. 꽃이 큰 만큼 열매도 크다. 세상에서 호박만큼 큰 열매는 없다. 신데렐라가 황금빛 호박 마차를 타고 무도회에 가는 발상은 아마 그 크기 때문이었는지 모른다. 호박 넝쿨도 크게 자라 그 옆에 자라고 있는 고추와 가지의 자리까지 넘어와 커다란 호박잎들이 바람에 우쭉우쭉 춤을 춘다. 그래서 나는 이 꽃을 좋아한다.

어느 날 보니 그동안 피고 졌던 호박꽃들과는 확연히 다른 꽃들이 다투어 피어나기 시작했다. 암꽃이었다. 암꽃은 덩굴에 바짝 붙어서 피어나고 꽃 밑동에 여섯 개의 암술이 동그랗게 모여 씨방을 달고 있었다. 나는 그런 줄도 모르고 그동안 피고 진 수꽃에 호박이 매달리지 않는다고 나무랐으니 내 무지가 부끄러웠다. 저 암꽃들이 지고 나면 꽃받침 아래 동그란 씨방에 커다란 호박이 달리리라. 기대가 나를 호박만큼 부풀게 했다.

이슬 먹은 호박꽃을 몇 송이 따다가 호박꽃 요리를 했다. 부침개와 주먹밥을 만들어 밥상에 올렸더니 남편이 신기한 듯 물었다.

"호박꽃도 먹나?"

"호박꽃도 먹어요."

나는 신이 나서 호박꽃 자랑을 했다.

"색은 황금빛으로 고귀하고 약으로는 위장에 좋고. 그 크기로는 하느님이 창조한 열매 가운데 가장 크지요. 그뿐인가요? 한 통으로 온 식구가 먹고도 남으니 가난한 시절엔 더없이 넉넉한 먹거리였고……."

남편에게 부침개 한 개를 권하면서 호박꽃의 전설도 늘어놓았다.

"옛날 한 스님이 황금 범종을 만들려고 전국을 돌면서 성금을 모았어요. 모은 성금으로 범종을 만들다가 병이 들어 죽었어요. 부처님 앞에 가서 인간 세상에 다시 태어나게 해달라고 애원을 했답니다. 인간 세상으로 돌아와 보니 절은 흔적도 없고 황금 범종은 찾을 수 없었어요. 슬픔에 빠져 바위에 앉아 있는데 황금 범종을 닮은 황금색 꽃이 그곳에 피어 있었대요. 그 꽃의 줄기를 따라 뿌리를 캐어보니 그곳에 스님이 만들던 황금 범종이 묻혀 있었다고 해요. 황금 범종을 닮은 그 꽃이 바로 호박꽃이랍니다."

남편은 나의 장황한 이야기보다 호박꽃 부침개에 더 빠져 있는 것 같았다. 젓가락이 연신 접시와 입술 사이를 오르내리며 "맛있는데, 맛있는데"를 연발했다.

이럴 때는 어렸을 때 친정어머니가 해주신 음식을 맛있게 드시던 아버지가 생각난다. 어머니는 호박씨를 담벼락 밑에 심었다가 호박은 물론 호박잎으로 만든 음식으로 상을 차리곤 했다. 호박잎은 살짝 쪄서 된장이나 젓갈과 함께 밥을 싸 먹거나 호박잎 국을 끓여 먹었다.

나는 가끔 외식할 때 상에 호박 나물이 오르면 어렸을 적의 추억도 함께 먹는다. 호박 나물을 만들고 갈치호박국을 끓이는 날은 다른 찬이 없어도 풍성한 상차림이 되고, 가족들이 행복한 미소를 머금고 식사하던 모습이 지금도 생생하다.

아직도 호박꽃이 필 때쯤이면 어린 시절로 돌아가곤 한다. 호박꽃 속에 내가 있고, 호박잎에 어머니가 있고, 호박 속에 호박씨 같은 이를 드러내고 웃으시던 아버지가 계시다.

서리달에 부르는 노래

삼양 바닷가 하늘에 흰 보름달이 걸려 있다. 달빛 물결이 갯바위에 속삭이듯 부딪히며 철썩거린다. 깊은 바다는 아무런 대답이 없다. 파도만이 일렁이며 춤을 춘다.

바다는 시린 듯 밤물결을 헤치며 가을바람을 끌고 온다. 끈적끈적하다. 한낮의 뜨거웠던 열기는 가라앉고 낚시꾼들은 바다의 울음 속에 잠긴다. 달빛은 바다의 물결을 은밀하게 애무하듯 살짝살짝 스치며 밀려났다 들기를 반복하고 있다. 바다 윤슬로 눈이 부시다.

고즈넉한 마을은 고흐의 〈별이 빛나는 밤에〉의 풍경이다. 달과 별이 너울거리는 밤하늘은 파도처럼 소용돌이무늬를 수놓은 듯하다. 처절한 몸부림을 이해해야만 했는가. 물기 젖은 바닷바람으로 달빛 술잔에 네온사인이 출렁거린다.

종이컵 커피를 들고 바닷가를 천천히 걷는다. 달빛에 온몸이 젖는다. 비릿한 바다 냄새가 피부에 스며들며 애틋한 기억의 그림자 속으로 감겨든다. 짠맛으로 절인 발자국마다 그리움이 고인다.

11월의 보름달빛 바다는 서글프다. 그래서 서리달이라 했는가. 돌아올 수 없는 길을 떠나신 어머니, 배추 씨앗처럼 못다 한 수많은 말들, 옷깃에 기워진 실타래처럼 바다 위에 풀어놓아 본다. 보고 듣는 이 없어도 가슴에 담아둔 울음을 뱃고동처럼 마음껏 뱉어내고 싶다. 아픔만큼 다가오는 뉘우침이 커서 더 서럽고 슬프다.

어머니는 마흔여덟 살에 혼자가 되셨다. 내일을 알 수 없는 게 인생이라지만 허망하게 마지막 인사도 없이 예상치 못한 죽음과 마주했다. 천지개벽 요동치듯 모든 것이 하얀 포말처럼 산산이 부서지고 말았다. 어머니는 술빚과 어린 세 자녀만 남겨두고 갑자기 떠난 남편을 원망할 틈도 없었다. 절규하며 뭍으로 올라서려 몸부림을 치며 장사에 도전했지만, 빛을 잃은 달처럼 시나브로 사위어가며 스러지고 말았다. 배짱과 요령이 없어 믿었던 이웃한테 속기만 했다. 그때 받은 상처와 절망은 이루 말할 수 없고 오랜 세월이 흘렀는데도 아물지 않았다.

그 후 어머니는 고단함을 등에 지고 이웃집 밭일을 나가셨다. 뙤약볕이 내리쬐는 밭에서 탈진하기도 하고, 눈발이 날리는 추운 겨울에는 밀감 따다 손이 얼기도 했다. 그리고 밤마다 허리와 다리가 아파 끙끙 앓았다. 어머니의 몸에서는 바위에 부딪히는 파도처럼 퍽퍽 소리가 났다. 하루 이틀이 아니었다. 나는 매일 반복되는 일상이 귀찮고 짜증이 났다. 이제 와 생각해보니 고된 삶을 읽어드리지 못한 나의 잘못된 생각이 부끄럽고 미안하기만 하다.

어머니는 울부짖지도 않고 소리를 내어 울지도 않았다. 아무리 한의 서리가 맺힐지라도 하늘 타령하지도 않았다. 자식들을 보며 삶의 바다에서 물숨을 참아가며 숨비소리를 뱉곤 했다. 그러다가 일감이 있는 낮에는 허리와 다리의 아픔도 이상하리만큼 사라졌다. 새벽마다 조왕할머니께 드리는 간절한 기도의 촛불이 어머니 허리와 다리 아픔을 물리쳐준 것인가, 살아야 한다는 오기가 발동한 것인가? 아무튼 어머니는 그렇게 인고의 세월을 살았다.

찬 바람에 옷깃이 흔들린다. 초록으로 물든 명도암에 살다가 달빛 바다를 보니 맛을 잃어버린 사람이 된 듯하다. 모래밭에는 맨발 걷기하는 사람들이 힘차게 발걸음을 옮기며 왔다 갔다 한다. 바다에 내리는 11월의 둥근 서리달빛을 바라본다. 둥근 달빛이 바다 위에 누워 세상을 밝힌다.

어머니는 정월 대보름날엔 찹쌀을 씻어 그릇에 담고 시루에 식구 수대로 밥을 지었다. 달이 뜨는 곳을 향해 그 밥을 올려 절을 하곤 했다. 가족의 건강과 행운이 따르기를 바라던 어머니의 작은 소망이자 믿음이었다. 서리달에 기대어 살았던 어머니의 기도가 물방울이 되어 떨어진다. 아련하고 목이 메어 울컥해진다.

나는 매일 다른 변화를 주는 달빛을 좋아한다. 서쪽 하늘에 잠깐 나타났다가 숨어버리는 둥근 눈썹 모양의 초승달, 때가 되면 늑대를 울게 하는 보름달도 좋아한다. 보름달은 저녁부터 아침까지 온밤을 누리니 더욱 좋다. 어느 한쪽으로 기울어지거나 비어 있지 않고 둥글둥글하다. 모나거나 야박하지도 않고 어우렁더우렁 편안하다. 나는 그래서 나를 닮은 보름달을 좋아한다.

이제 며칠 있으면 어머니 기일이다. 기쁨보다는 아픔이 더 많았던 어머니, 잔물결 되어 흐른다. 다음 생에 어머니의 어머니로 태어나 보듬어드리고 싶다. 이생에서 못다 한 따스한 이야기가 서리달빛 아래 탁음처럼 들려온다.

또 먹고 싶다, 그 청묵

눈은 잿빛 허공에서 꽃잎 날리듯 흩날리다가 길을 덮는다. 어느새 마을을 흰옷으로 갈아입히고 낯선 거리처럼 일상의 풍경을 바꾸어놓는다. 마을 어귀의 흰 눈이 쌓인 들녘은 노루 발자국만 오롯이 새겨져 은빛으로 빛난다.

화단 돌담 위에 소복하게 쌓인 눈이 시루떡을 얹은 듯하다. 광나무 푸른 잎 사이로 우르르 눈꽃이 피었다. 숨을 곳이 없어진 새들만이 빈 가지 사이를 날아오르며 노래하고 있다. 얼어붙은 대지는 바람이 불 때마다 다른 몸짓으로 엉켜 운다. 내 마음에도 그리움의 눈이 내리며 어릴 적 먹던 청묵으로 녹는다. 함박눈이 밤새 쏟아지는 고요한 밤이면 청묵을 만드시던 어머니의 모습이 그려진다. 그윽한 풍경이다.

어머니는 정갈한 부엌에서 껍질 벗긴 메밀쌀에 물을 부어 담근다. 불린 메밀쌀을 삼베 주머니에 넣고 물을 조금씩 부어가며 빨래하듯 주무른다. 나는 그 옆에 바투 앉아 어머니의 손을 들여다본다. 눈발이 휘

몰아치는 자진모리장단이라고 할까. 손가락이 신명 난 듯 속도가 빨라진다. 손목과 팔에 힘이 들어가며 핏줄이 선다. 삼베 주머니 숨구멍에서 뽀얀 우유 같은 전분 앙금이 손가락 사이사이로 흘러나온다. 손마디 마디에 젖은 슬픔과 기뻤던 순간들이 미끄러지며 부딪힌다.

앙금이 모이면 냄비에 붓고 소금 한 꼬집 넣어 눋지 않도록 주걱으로 저어가며 끓인다. 사무치는 외로움도 잊고 한 방향으로 쉬지 않고 빠르지도 느리지도 않게 젓는다. 걸쭉해지면 참기름을 조금 넣어 휙 저은 후 납작한 틀에 부어 식혀 굳힌다. 완성된 청묵은 결이 풍만한 여인의 뽀얀 살결처럼 탄력 있고 매끄럽다.

솥뚜껑 여는 소리가 들린다. 함박눈이 내리는 추운 겨울에 이 소리를 들으면 얼굴빛이 환해지곤 했다. 백옥처럼 맑은 빛깔의 탱글탱글한 청묵. 먼저 눈으로 스캔한다. 그리곤 코를 박고 그 냄새를 들이마신다. 청량하지도 않고 은은하지도 않다. 아무 맛이 없는 듯 밋밋해 마음만 고요하다.

어머니는 청묵을 도마 위에 올려놓고 자르다 한쪽 귀퉁이를 잘라준다. 입안에 넣으니 침샘을 자극하며 부드럽게 식도를 타고 내려간다. 담백하고 깊은 속살의 여운이 남는다. 메밀가루로 만든 메밀묵보다 말랑말랑하다. 양념간장을 올려놓으면 젓가락 사이로 정겹고 고소한 향이 풍긴다.

청묵 쑤는 날이면 아버지는 이웃집 태윤이 삼촌과 겸상을 하고 살아가는 정을 나누기도 했다. 청묵이 있는 밥상 앞에서 언제나 얼굴에 화색이 돌았다. 아버지는 담백한 청묵 맛을 즐기셨다. 맛의 묘미를 아셨을까. 단맛도 짠맛도 쓴맛도 신맛도 없는 맛, 그냥 무無 맛이다. 어쩌면 맛에서 느껴지지 않는 외로움을 씹으며 고단함을 달래고 계셨는지도 모르겠다.

청묵은 아버지가 마지막으로 드셨던 음식이다. 정월 보름날 아침 밥상에는 흰밥에 미역국과 옥돔구이, 여러 가지 나물과 청묵이 차려졌다. 그날따라 청묵 빛깔이 백자기처럼 너무 고왔다. 아버지는 청묵 한 조각을 입안에 넣고는 몸의 감각으로 맛을 음미하셨다. 발우 공양하는 스님처럼 아주 천천히. 남긴 음식도 없이 접시에 담은 일곱 쪽의 청묵을 다 드셨다. 그 후 청묵은 쓸쓸한 음식으로 밥상에서 사라지고 그리움만 남겼다.

언젠가 청묵 맛이 그리워 오일장에서 메밀쌀을 사서 만들어보았다. 어머니가 만들어주던 그 맛이 아니었다. 정성이 모자란 때문이었을까. 아니면 조리 과정이 잘못된 것일까. 어머니 생전에 배워두었어야 하는 아쉬움이 밀려왔지만 이미 속절없는 일이 되고 말았다.

눈발이 또 날린다. 한 장 남은 달력에도 눈이 내린다. 이렇게 흰 눈이 내리는 날이면 부모님과 함께했던 음식 냄새로 가슴이 젖는다. 막걸리 한잔 걸치면서 청묵을 즐겨 드시던 아버지. 오늘따라 시린 눈물 속 그 음식이 울컥울컥, 아슴아슴 내게로 온다. 또 먹고 싶다. 그 청묵.

어머니의 금방석

내가 사는 명도암 마을의 아침. 유리창 너머로 펼쳐지는 오름과 한라산 정상의 풍경은 눈물이라도 맺힐 듯 아름답다. 한라산 자락에 옅은 잿빛으로 걸쳐진 구름과 그 아래 짙은 연둣빛으로 물든 숲, 스며드는 신선한 공기가 몸을 적신다. 눈을 감고 가만히 있노라니 기억의 물꼬가 터진다. 세월에 숨겨진 추억들이 새로운 옷을 입는다.

간밤에 나에게 오신 어머니. 희미하게 보였지만 살아생전 힘들었던 모습과는 달리 곱고 편안해 보였다. 살포시 웃으며 뭐라고 말씀하신 것 같은데 기억이 나지 않는다. 그런데 어머니 머리카락이 하나도 없이 파르라니 깎여 있었다. 퍼뜩 눈 뜨니 꿈이었다. 왜 머리를 깎으셨을까. 가슴이 철렁하면서도 여쭈어보지 못한 것이 아쉬웠다. 어머니의 깎은 머리. 하루 종일 마음이 쓰였다.

어머니는 몇 년 전에 93세의 삶을 마치고 돌아오지 못할 길로 가셨다. 어머니는 고씨 집안의 막내로 태어나셨다. 큰 체격에 동양적인 얼굴형, 짙은 쌍꺼풀의 빛나는 눈과 큰 귀. 당당한 목소리. 무슨 일이든 미루는 법이 없고 깔끔했다. 배우지는 못했지만 도도하고 자존심이 강했다. 옷도 되는대로 입지 않고 위, 아래 색깔 맞추어 입으셨다. 식사는 소찬이지만 음식을 예쁜 그릇에 담아 드셨다. 혼자라고 아무렇게나 드시지 않았다. 흐트러짐이 없이 모든 게 철저했다.

아버지가 돌아가신 지 1주기 되던 고3 말, 남들이 가는 대학에 가고 싶었다. 나는 어머니께 대학에 가게 해달라고 했지만 침묵으로 일관했다. 불현듯 희망이 꺼지는 듯했다. 이불을 뒤집어쓰고 하루 굶었더니 어머니 반응이 신통치 않았다. 배움에 대한 열병으로 일주일간 단식투쟁을 벌였다. 아버지의 순직으로 마련된 직장, 오직 어머니는 졸업해서 빨리 돈을 벌어 오기만을 고대했다. 대학을 다닐 수 있는 형편이 아니라는 것을 나도 알고 있었다. 절벽에 선 심정으로 하루하루 시들어 갔다.

결국 어머니는 승복하고 말았다. 깊은 한숨을 내뱉으면서 어머니가 누워 있는 나를 일으켰다. 그리고서 의미심장한 어조로 말했다.

"아르바이트할 것, 연애하지 말 것, 수석 졸업할 것. 이 세 가지 약속을 지킬 수 있느냐?"

어머니의 말씀이 끝나자 일 초의 머뭇거림도 없이 나는 자신 있게 대답했다.

"예, 예. 어머니, 꼭 지키겠습니다."

방 안이 햇살로 가득 채워진 듯 기쁨의 눈물이 샘솟듯 펑펑 터졌다. 순간 전율이 혈관을 타고 흐르는 것 같았다. 어머니는 나를 보더니 눈을 지그시 감으셨다. 굳어진 얼굴, 떨리는 목소리로 다시 말문을 열었다.

"금방석에 나를 앉힐 수 있겠냐?"

그 질문이 어떤 뜻인지 궁금하지도 않았고, 지킬 수 있을지 없을지도 필요치 않았다. 무조건 "예" 했다.

전공 선택도 나의 몫이 아니었다. '여자는 가정과를 나와야 시집도 잘 간다'는 이야기를 어디서 들었는지 '가정과'를 가라고 했다. 나는 수학 과목을 잘하고 좋아해 수학과를 선택하고 싶었지만 어쩔 수 없었다. 전공 선택은 내게 중요하지 않았고, 대학만 갈 수 있다면 무엇이든 다 헤쳐 나갈 수 있을 것 같았다.

그렇지만 부풀었던 기쁨은 오래가지 못했다. 등록금 고지서가 나올 때마다 어머니는 "대학 문 구경했으니 학교를 그만 다니라."고 다그쳤다. 그럴 때마다 그 쓰디쓴 명령은 형벌의 무게만큼 나의 어깨를 짓눌렀다. 가난한 집에서 딸이 대학까지 다닌다는 이웃들의 비웃음도 숨을 조이게 했다.

가정과도 나에게 맞지 않았다. 나의 기대와는 거리가 멀고 학교생활도 재미가 없었다. 방황과 고뇌의 움이 트기 시작했다. 같은 과에 전공 선택이 맞지 않다며 늘 투덜대던 친구가 있었다. 그녀와 점심시간에는 용담동의 학교를 빠져나와 서부두 방파제까지 한 시간 이상 마냥 걸었다. 바다가 돌파구였다. 푸른 바다 냄새가 코끝에 닿는 순간 막혔던 가슴이 뻥 뚫리는 것 같았다. 물갈매기가 되어 바다 위를 가르며 멀리멀리 떠나가고 싶었다.

1학기 때 선택과목 담당이었던 수학 교수님으로부터 수학과 전과 제의도 있었다. 너무 기뻤지만 고교 시절 수학 1만 배운 내가 수학 2를 배워 수석 졸업을 한다는 것은 불가능할 것 같았다. 2학기의 학교생활은 밀가루 범벅처럼 더 힘들었다.

어느 날 이웃집 밭에 김매기 작업을 하러 새벽에 나서는 어머니의 뒷모습을 보았다. 나를 향해 '약속을 지켜라', '금방석에 앉혀라'라고 아우성치는 듯했다. 번뜩 정신이 들며 갇혔던 방황의 실체가 흐늘거리기 시작했다. 나는 조금씩 전공에 맞추어보려고 애를 썼다. 모르고 지내왔던 재능이 숨어 있었던지 바느질도 재미있고, 음식 만드는 일도 흥미로웠다. 얽힌 방황의 타래들이 하나씩 풀리고 있었다. 다행이었다. 어머니와 한 세 가지 약속도 지킬 수 있었다.

졸업식 날, 어머니는 함박꽃처럼 터지는 미소를 지으며 "이젠 금방석에 앉아 살 날이 멀지 않았구나."라고 말씀하셨다. 졸업한 후 시골 고등학교로 발령을 받았다. 어머니는 내가 취직을 하자 머지않아 재산을 일구어 집을 사고 호강시킬 것이라는 기대가 컸다. 하지만 나는 직장생활에 정신이 없었고 삼 년이 지나 결혼하게 되었다.

어머니는 삶이 지치고 힘들 때는 "금방석에 앉히겠다고 하더니만……." 한숨을 내쉬며 불평을 늘어놓으셨다. 그런 말을 들을 때는 어머니가 야속하고 너무한다는 생각까지 들었다. '나만큼만 한 딸이 얼마나 있는가?' 묻고 싶었다.

아르바이트하면서 대학교 학비도 스스로 충당하고 집안 살림에도 보탰다. 직장에서 받은 월급은 통째로 드렸고, 결혼 후에는 적은 용돈이지만 매달 드리고 동생들 학비도 보탰다. 나름대로 나의 임무를 다 한 것처럼 여겼다. 그러면서 혼자 중얼거리면서 투덜댔다.

'뭐가 금방석이란 말인가? 내가 해드리는 것은 다 잊어버리시고 어떻게 해달라는 말인가?'

섭섭하고 답답했다.

어머니가 83세 때, 대장암 수술을 마치고 회복 병실에서 이야기를 나누던 중, 갑자기 나에게 간곡한 부탁을 해 오셨다.

"내가 죽거든 얼굴에 곱게 화장하고 묻어라. 립스틱도 바르고."

잠시 눈을 감으시더니 말을 잇는다.

"수의壽衣는 궤 속에 보자기에 싸 있으니 그리 알고."

유언으로 들리는 이 말씀에 나는 아무 말도 못 했다. 고아가 된 것처럼 외로움이 밀려왔다. 어머니는 가난했던 아픔과 기억의 껍질을 벗고 고운 얼굴로 단아한 죽음을 맞이하고 싶어 하셨다.

이런 마음을 읽게 된 것은 어머니가 돌아가시기 전 치매가 오고 나서였다. 등을 보이며 씻기를 좋아하셨고, 어린아이처럼 손을 흔들며 나를 배웅하셨던 어머니. 내가 먹여드리던 공기그릇의 밥알을 좋아하셨다. 어머니에게는 바로 내가 남편이고, 아들이고, 당신의 전부였다.

어머니가 먼 길을 떠나시던 날. 어머니는 나의 마지막 인사를 받고 영정사진 속에서 환하게 웃어주었다. 꽃을 좋아하시던 어머니는 꽃동산에 터를 잡았다. 그렇게 바라셨던 꽃마차에 금방석을 깔고 나비가 되어 훨훨 날아가시는 듯했다.

철쭉과 작약이 흐드러지게 핀 앞마당에 나오니 금방석에 앉혀드리지 못한 죄송함으로 그득하다. 지난 봄날, 현관으로 이어진 계단을 힘겹게 오르시던 어머니 모습이 그려지며 어머니 말씀이 오늘따라 더욱 마디마디 시리다.

우산 속의 로망스

노사연이 부른 〈바램〉이 거실에 울려 퍼진다. 부엌에서 일하는 나를 위한 남편의 배려다.

남편과의 인연을 생각해보면 실과 바늘처럼 꿰어져온 세월이다. 순탄하지 않았던 결혼, 현실에 대한 남편의 무감각. 그리고 년세 오만 원짜리 단칸방의 가난한 생활, 외롭고 의지할 곳 없는 고독감, 태풍과 같은 피멍과 상처로 얼룩진 힘든 시절이었다. 돌이켜보면 부처님 말씀처럼 '천 번의 환생 끝에 만나게 되는 것'을 인연이라 했거늘 남편과의 만남은 하늘이 맺어준 어쩔 수 없는 천생연분인 것 같다.

1978년, 무더운 여름이 끝나가고 있을 때 남편이 내가 재직하고 있던 시골 학교에 부임했다. 이름은 익히 들어 알고 있었다. 그에게서 풍기는 첫인상은 삶의 모든 고뇌를 품은 스피노자처럼 보였다. 첫날 나는 아는 사람이 없고 지역 지리도 잘 모르는 남편에게 허름한 시골 장터에서 고기국수를 대접했다. 고기국수가 맛이 없었는지 그의 표정은 잔뜩 찌그러진 냄비라고 할까. 달갑지 않은 얼굴이었다. 교장 선생님의 지시로 거처할 집도 소개했는데, 살림 도구가 정말 초라했다. 공교롭게도 그의 교무실 자리가 내 앞자리의 대각선 방향으로 정해져 학교생활이 시작되었다.

그 후 나는 학생 지도와 이런저런 바쁜 생활의 연속으로 서로 대화를 나누거나 관심을 기울일 여력이 없었다. 그렇지만 남편은 늘 나를 지켜보고 있었다. 고교 시절 내 친구로부터 내가 '공부벌레 범생이'라는 말을 들었다고 했다. 여태 생각해왔던 딱지와는 달리 내 가방 속에 법정 스님의 『무소유』가 들어 있는 것을 보고 놀라워하며 대화의 물꼬를 트기 시작했다.

회식이 있는 날이면 뜬금없이 "애인 있어요?" 하며 슬쩍 딴청을 피웠다. 우리가 대화하는 모습을 본 주변에서는 "선남선녀끼리 잘해봐." 라며 짓궂게 장난기 있는 말을 하곤 했다. 학교 행사가 끝나서 뒤풀이 자리를 마련할 때면 그 옆에 앉으라며 부추겼다.

하지만 남편은 대학 때부터 생각해온 나의 이상형은 아니었다. 그는 키도 크지 않고 체격도 작고 반쪽짜리 눈썹도 입술도 얇았다. 뽀샤시한 피부에 호남형 또한 아니었다. 농담도 할 줄 모르고 크게 소리 내어 웃지도 않는 늘 조용한 성격으로 가난하기까지 했다. 단지 다리를 꼬고 소주 한 잔을 찔끔찔끔 나누어 마시는 모습이 남달리 멋있을 뿐이었다. 가끔 그의 지인들이 찾아오면 매운탕을 끓여달라는 요청을 해 올 뿐 언제나 고독한 남자였다.

술 한잔 걸친 날이면 발동이 걸린 듯 한껏 높인 목청으로 〈그 집 앞〉

을 부르면서 내 집 옆을 지나치기도 하였다. '저 사람이 나를 좋아하는가?' 반문해보면서 이상야릇한 그의 행동을 부정하고 싶었다. 아무것도 모르는 후배는 콧구멍을 벌렁거리며 물었다.

"나 선생님이 언니 좋아하고 있구나."

"아니야."

그의 행동을 부정하고 싶었다. 그렇지만 흔들리는 바람에 비틀거리며 쓸쓸히 걸어가고 있는 그를 생각하니 애처롭게 느껴졌다. 어쩌면 뛰쳐나가 그와 함께 걷고 싶었는지도 모르겠다.

매일 똑같은 바지와 셔츠, 돈이 없어 담배 한 개비를 빌려 태우고, 숫자에 어두워 다른 선생님보다 일 처리가 늦었다. 이러한 모든 것이 나에게는 아픔이었다. 그럴 때면 오히려 그의 어머니가 되고 누이가 되어 부족한 부분을 채워주고 싶었다. 그러면서 나도 모르는 사이에 연민의 정이 싹트고 차츰 내 가슴에 자리하고 있었다.

제주시 집으로 올 때면 같은 버스를 타는 일이 종종 있었다. 단풍으로 가을이 익어가고 있던 토요일, 학교에서 자연보호 활동이 있었다. 행사를 끝내고 선생님들과 허름한 식당에서 간단한 회식을 하게 되었다. 갑자기 교장 선생님께서 뜬금없이 그에게 말했다.

"오 선생 옆에 앉아. 둘이 사귀어버려."

"서로 어울리네, 잘들 해봐."

옆에 계시는 선생님들도 약속이나 한 듯이 덩달아 입방아를 찧는 것이었다. 나는 순간 얼굴이 홍당무처럼 발개지고 숨을 자리 찾지 못하는 소녀처럼 어찌할 바를 몰랐다. 빨리 회식 자리를 뜨고 싶은 마음만 간절하여 제주시로 넘어가야 한다는 핑계를 대고 그곳을 빠져나왔다.

밖에는 가을비가 촉촉이 내리고 있었다. 누가 먼저 동행하자고 말하지도 않았는데 그도 같은 버스를 탔다. 제주시로 가려면 중간 지점에서 갈아타야 하는데 하나밖에 없는 우산을 함께 쓰고 마냥 걸었다. 얼마쯤 걸었는지 모르겠다. 한적한 곳에서 그의 기습적인 공격. 우산 속 입맞춤. 순식간에 일어난 사건에 깜짝 놀랐고 너무 부끄러웠다. 그러나 진한 전율이 나의 가슴을 폭포수처럼 적셔주었다. 가을비 우산 속에 이슬이 맺히고 우리의 사랑이 싹트기 시작했다.

그날 이후 사랑의 콩깍지가 씌워졌다. 그렇지만 결혼하고 나서야 사랑은 절대 무한하지 않다는 것을 깨달았다. 돌이켜보니 고통과 기쁨이 밀물과 썰물처럼 겹치며 살아온 기적 같은 삶이었다.

지금도 가끔 그날을 생각하면 웃음이 절로 난다. 그래서 아직 그 순간을 잊지 못하는지도 모른다. 지치고 힘들 때, 남편이 미워질 때면 그날의 추억이 위로가 된다. 아직도 그가 생텍쥐페리의 어린 왕자가 되어 내게로 달려온다.

남편과 만난 지 40년이 넘는다. 한 잔의 물도, 스치는 댓잎 바람도 소중하게 느끼는 나이가 된 그와 내가 그날의 우리와 다시 마주한다. 지나온 수많은 이야기가 시간 속에 녹아들어 늙은 호박처럼 영글어가고 있다. 이젠 하나의 우산 속에서 서로 바라보는 것이 아니라, 각자의 우산을 들고 나란히 걸어가며 친구가 되고, 해바라기가 되는 첫사랑 같은 날들이 이어지고 있다.

고등어 두 마리

몸이 나른해지는 날에는 입맛 당기는 음식이 먹고 싶어진다. 그럴 때는 칼칼한 양념이 진하게 밴 생선 조림이 딱이다. 저녁 밥상 반찬으로 생선 조림을 하려고 동문시장 수산물 코너를 찾았다. 가게마다 좌판에 옥돔, 조기, 갈치, 전갱어, 고등어가 즐비하다. 이것저것에 눈길을 주다가 살이 탱탱하고 도톰한 고등어 두 마리를 골랐다. 바닷속에서 자신을 감추고 싶었던 것일까. 등은 짙푸른 색의 물결무늬로 너울거리고 은백색 뱃살에서는 윤기가 흐른다. 생선가게 아주머니가 숨 돌릴 사이도 없이 말을 뱉는다.

"조림으로 할 꺼꽝, 구이로 할 꺼꽝?"

"내장만……."

대답을 다 하기도 전에 고등어 머리에 칼을 들이댄다. 아가미와 내장을 꺼내고 뼈 사이 붉은 핏물을 긁어내니 속살이 보인다. 그물에 걸려 잠깐이라도 살아보려고 팔딱거리다 삶을 놓아버린 채 어물전으로 팔려 온 고등어. 바다 깊숙한 곳에서 물살을 헤치며 빠끔거리던 기억들이 무너진다. 왁자지껄하게 흥정하는 소리를 뒤로하고 발걸음을 옮긴다.

지느러미를 떼고 소금물로 다시 씻고 토막 낸 고등어를 냄비에 담는다. 모든 것을 내려놓은 도마 위의 고등어가 새로운 입맛으로 살아나려 한다. 요절한 고등어인지 장수한 고등어인지 모르지만, 삶이 길고 짧음이 의미가 없다는 듯 고통도 사라진 듯하다.

멸치, 새우, 다시마를 넣어 육수를 끓이면서 삶은 시래기를 먹기 좋은 크기로 자른다. 대파와 청양고추를 송송 썰고 알싸한 파와 마늘도 다진다. 마늘의 진한 알리신 향이 눈가에 튀더니 더운 기운이 지나가며 입맛 다실 남편과 친정어머니의 모습이 겹친다.

이북이 고향이라 일가친척도 없는 가난한 집의 외아들과 결혼하겠다고 했을 때 어머니의 얼굴은 흙빛이었다. 순종만 하던 내가 굽힐 수 없는 묵언으로 거역하자, 어머니는 커다란 충격을 받았다. 딸을 향한 어머니의 꿈이 성난 파도처럼 부서져버렸다. 내 마음이 되돌아오길 바라며 어머니는 눈물로 호소했다. 그렇지만 내 결심은 흔들림이 없었다. 자식 이기는 부모 없듯이 어머니는 할 수 없이 내 뜻을 받아들였다. 그날 어머니는 고춧가루와 청양고추를 넣은 얼큰한 생선 조림으로 마음을 달래셨다.

어머니가 감기에 걸려 끙끙 앓던 날, 그는 어머니의 마음을 살 수 있는 기회라 여겼는지 연락도 없이 우리 집에 왔다. 현관문이 두르르 열렸다. 초라한 차림새에 새우등처럼 어깨를 움츠리고 검은 비닐봉지를 들고 꿔다 놓은 보릿자루처럼 서 있었다. 거실로 들어오며 내게 비닐 봉지를 건넸다.

"생선이야, 어머니께 죽 끓여드려."

고등어 두 마리였다. 아차 싶고 기가 막혔다. 병문안 온다며 사 온 것이 고등어라니. 더군다나 고등어 죽! 어머니는 비늘 없는 생선은 잘 드시지 않았다. 허둥대며 방 안으로 들어와 문안 인사를 하는 남편을 보며 나는 아무 말도 하지 못했다. 일본어로 '사바'인 고등어, '사바사바'란 말인가. 제주 토박이인 어머니의 생선은 옥돔인데. 어머니는 고마운 마음보다 속이 터지고 실망스러운 듯했다. 방 안은 썰렁하고 찬바람이 든 듯 냉랭했다.

어머니도 어이없는 듯 아무런 말씀이 없고 이불 속에서 다시 한번 뒤집히는 울음을 삼켰다. "야, 생선도 모르냐."라며 소리치고 싶었을지도 모르겠다. 그 고등어에 소금을 팍팍 뿌려 가슴 쓰린 자반을 만들어 구이로 먹었던 기억이 난다.

결혼 후에야 그날 고등어를 사 온 연유를 알게 되었다. 남편이 아는 생선은 오로지 갈치와 고등어였다. 옥돔은 가격이 비쌌고 밥상 위에 오르는 생선은 값싼 고등어였다. 시어머니는 고등어조림을 잘 만드셨다. 그 맛에는 비법이 숨어 있었다. 고등어조림이 다 되어갈 때 시어머니는 무언가를 숟가락에 담아 국물에 넣었다. 미원이었다. 그 감칠맛이 남편의 입맛을 당기고 흥분시켰다.

양념장을 만들며 부엌의 온기를 곱씹는다. 간장에 다진 파와 마늘과 고춧가루로 만든 양념장에 육수를 조금 붓고 끓이는 냄새로 아팠던 기억들이 사라진다. 풋고추와 홍고추로 색을 맞추니 식탁에 활력을 준다. 고등어 삶의 흔적이 벗겨지고 나에게로 와 살아 숨을 쉬고 있다. 사바사바로 달랬던 친정어머니도, 감칠맛으로 시름을 잊은 시어머니도 이제는 모두 저세상 사람이 되었다.

마주한 밥상에서 스쳐 지나온 상처를 쓸어내리며 고등어조림 한 조각을 떠 입 안에 넣는다. 구수한 시래기 향이 비린 맛을 잡아주면서 고등어 살이 몸의 에너지로 되돌아온다. 부지런히 젓가락질하는 남편 입가에는 흐뭇한 침이 흐르고, 나는 세월을 뒷걸음질하며 지난 기억에 젖는다.

장끼 울음소리

봄비 그친 하늘이 새뜻하다. 비구름이 물러간 쪽빛 하늘을 눈에 담아본다. 오름 뒤로 펼쳐지는 한라산이 겨울옷을 벗고 운무로 갈아입었다. 기지개를 켠 마을은 봄 햇살을 맞으며 초록으로 깨어난다. 마을 가까이 있는 목장에 들어서자 향긋한 풀냄새가 마중한다. 봄 냄새란 이런 것일까.

이른 아침 고사리를 꺾으려고 가벼운 옷차림으로 나섰다. 들판에 들어서니 벌써 몇 대의 자동차가 쉬고 있다. 약초를 캐는 사람, 고사리를 꺾는 사람들의 손길이 빨라진다. 앞치마 주머니에 꺾은 고사리를 넣으며 허리를 굽혔다 폈다 하면서 발을 떼고 있다. 조선 풍속화가 윤두서의 〈채애도〉가 그려진다. 흙 속에 뿌리를 내린 고사리는 잎사귀를 비비적거리며 사방에 꽃불이 핀 것처럼 삐죽삐죽 와자하게 우글대고 있다. 겨울의 진한 냄새와 색깔을 품고 있는 고사리에서 긴 한숨으로 넘어온 어머니의 삶이 보인다.

봄이 되면 어머니는 해가 떠오르기 전 들로 나가 “고사리는 아홉 형제라 한 번만 꺾는 사람은 없다.”라며 고사리를 꺾곤 했다. 꺾은 고사리는 삶아 말려서 나물로 만들어 먹기도 하고 제사상에 올리기도 했다. 『본초강목』에는 “맛은 달고 성질은 차며 잠이 잘 오게 한다.”라고 적혀 있다. 가슴이 답답하고 체했을 때 고사리 삶은 물을 마시기도 했다. 가시넝쿨을 헤집고 찔레 나무순을 호미로 자르며 억새밭에 섰다. 고사리가 억새 틈새 사이로 숨바꼭질하듯 서 있다. 잎은 참새 발을 오므린 듯 봉긋하게 모아지고 줄기는 굵고 실팍하다. 여간해선 첫물에 보기가 어려운 고사리를 만나니 오랜 친구를 보는 듯 얼굴이 환해진다.

다른 곳으로 가 고사리를 찾아보려는데 갑자기 웬 놈이 푸드덕 날개를 치며 날아간다. 까투리다. 덜컥 놀라 맥없이 풀썩 주저앉는다. 긴 호흡을 하고 한참 가슴을 쓸어내리며 진정시킨다. 뒤돌아 나오는데 풀숲에 꿩알이 보인다. 열두 개 생명의 씨알!

마른 풀 엮은 둥지에서 품었던 어미의 따스한 온기가 느껴진다. 가슴이 아려오며 미안함이 밀려온다. 새들은 제 새끼를 품을 때는 둥지를 떠나지 않는다고 한다. 인기척에 얼마나 놀랐을까, 까투리가 보이지 않는다.

순간 어머니 말씀이 정수리를 친다.

“꿩알은 줍는 거 아니여. 부정 탄다.”

풀을 뜯어 덮으려 했으나 둥지를 찾지 못할까 그만둔다. 어디서 날아왔는지 장끼가 화려한 깃털을 펼치고 탁탁 몸을 치며 목청 높여 울어댄다. 이쯤이면 부정不情이 모정母情에 못 미친다고 할 수 없지 않을까.

텃밭 농사를 하는 나는 꿩을 별로 좋아하지 않는다. 몇 년 동안 땅콩과 고구마를 심어봤지만 하나도 건질 수 없었다. 그것들은 꿩에게 아주 좋은 식량이었다. 그것도 모른 채 나는 한 해는 땅콩과 검은콩을 심고 다음 해는 고구마를 심었다. 꽃도 많이 피고 열매도 맺으면서 수고의 기쁨을 채워주었다. 그런데 결실 때가 되어 꿩과 노루가 오더니 제 것인 양 땅속까지 파면서 먹을 것을 남기지 않았다. 가시넝쿨로 엮어 보고 망을 쳐봐도 속수무책이었다. 그 이후 땅콩과 고구마 텃밭 농사를 포기하고 말았다.

고사리 꺾기를 접고 목장 길을 걷는다. 발길을 옮기며 생각해본다. 언젠가 애니메이션으로 본 권정생 원작의 〈엄마 까투리〉가 내게 걸어 들어온다. 산불이 나자 대피하지 못한 새끼들을 지켜낸 어미의 사랑과 희생 이야기이다. 깃털이 타들어가고 뼈와 살이 깎여도 꺼병이들을 지켜낸 까투리를 눈물을 흘리며 보았던 기억이 난다. '엄마'라는 이름은 그런 것 같다.

부모와 자식은 어떤 관계인 것일까. 나는 과연 어떻게 하며 내 자식을 지켜왔는가. 부모의 사랑에 갈증을 느끼며 살아오지는 않았는지……. 여러 생각에 젖어 걷다 보니 고사리 꺾던 사람도 약초 캐던 사람도 없다. 장끼의 울음소리만 땅으로 떨어진다. 까투리가 떠난 둥지를 혹시나 하는 마음으로 다시 찾았다. 둥지에는 어미의 깃털이 이불처럼 깔려 있을 뿐 텅 비어 있다. 누가 꿩알을 가져갔는지 알 수가 없다. 주변을 훑어봤지만 부화 직전 알 두 개가 흩어져 있을 뿐이다.

까투리의 애끊는 속울음 소리가 들리는 듯하다. 자식을 먼저 저세상에 보낸 슬픔이 동물이라고 다를까. 새끼의 죽음은 단장의 비애처럼 겪지 않고선 절대 그 마음을 헤아릴 수 없다. 억새도 세어버린 잎사귀를 떨구고 바람도 고요하다. 한 생명의 죽음에 풀잎을 덮고 가벼운 장례를 해주었다. 삶이 사라진 자리가 어떤 곳인지 모르겠지만 날개를 달고 편히 쉬기를 바라면서 그곳을 빠져나왔다.

고사리 봉지가 가볍다. 무거운 마음을 억새밭으로 옮긴다. 햇살은 바람 위로 넘어가고 활짝 피지 못한 어린 순들에 손이 멈춘다. 어린 아기의 손처럼 주먹을 쥔 듯하다. 그래서 어린아이의 손을 고사리 손이라 하는가? 대궁을 꺾어도 다시 올라오는 고사리, 내게는 왜 그런 오기가 없을까. 수양산에 숨어 채미가를 부르며 부황의 날들을 견딘 백이 숙제의 삶을 더듬어본다. 고난 속에서도 고사리로 연명한 그들의 지조와 절개가 내 등을 두드린다.

발걸음을 천천히 옮기며 억새밭에 숨은 고사리를 꺾는다. 솜털이 보송보송한 고사리 줄기를 부드럽게 어루만진다. 그 여린 생명에서 봄의 기운을 느낀다. 바람결을 타고 멀리서 울어대는 장끼의 울음소리가 들려온다.

2부

나비의 꿈

몸국

억새가 허공에 흔들리는 싸늘한 오후다. 뜨듯한 몸국이나 끓일까 하고 마당 한 켠에 솥을 걸었다. 몸국은 제주 음식으로 큰 솥에 장작불로 끓여야 제맛이 난다. 톳과 비슷한 해초 모자반인 몸을 돼지고기 국물에 끓이면 금상첨화다. 그 맛이 배지근해서 향수를 부른다.

아궁이에 불을 지피자 찬 바람을 안고 불씨가 뒤엉켜 일어난다. 마른 장작이 옹이진 자리에서 "탁탁, 툭툭툭" 소리를 내며 활활 타오른다. 힘차게 타들어가는 불구덩이 속심을 들여다보며 장작 한 토막을 던져 넣었다. 불꽃이 너울너울 춤을 추며 이글거린다. 타오르는 불길을 부지깽이로 뒤적거리며 불멍에 빠져든다. 몽환적인 불꽃을 보니 젊은 시절에 열정의 함성들로 채웠던 시간을 보는 듯하다.

불꽃을 더 키우려 땔감을 마구 밀어 넣었더니 타던 불숨이 넘어간다. 매캐한 연기로 자욱해 눈이 맵다. 그만 어리석은 자가 되고 만다. 지나친 기대와 욕심을 내려놓지 못하고 삶이 뜻대로 되지 않는다고 얼마나 나를 괴롭혀왔던가. 불이 붙기 시작한 장작을 몇 개 꺼내고 다시 지그재그로 얹어 불길을 열어주니 불꽃이 다시 타오른다. 얼굴이 화끈하다. 늘 상대에 대한 이해와 너그러움이 모자랐던 지난날의 나를 돌아보게 한다.

불꽃은 솥 바닥을 핥으며 뜨겁게 달군다. 열기로 끌어올린 애무는 집요하고 부드럽다. 솥 안쪽의 기포는 유빙流氷처럼 숨죽이고 허공으로 사라진다. 희미하게 흔들리던 연민과 그리움이 장작개비 사이로 타들어간다.

열아홉 되던 해, 나는 삼베 상복을 입은 상주가 되었다. 정월 대보름 밥상을 받고 직장에 출근했다가 뇌출혈로 아무 말씀도 없이 이승을 훌쩍 떠나버리신 아버지. 나는 뿌리 뽑힌 나무처럼 커다란 상실감으로 가늠할 수 없는 슬픔에 빠졌다. 잃어버린 입맛을 밥 한술로 채우면서 쏟아지는 눈물을 뒤돌아 남몰래 훔치곤 했다. 며칠 동안 참고 눌렀던 눈물은 결국 입관하는 날 터지고 말았다. 창자 깊숙한 곳의 기다란 슬픔까지 쏟아냈다. 염습이 끝나고 천판을 덮기 전 마지막으로 아버지의 얼굴을 보는 순간이었다.

"아버지, 아버지, 눈 떵 말 ᄒᆞᆫ마디만 해봅써."

시신에 엎어져 통곡하며 오열했다. 울음은 끊으려 해도 봉합되지 못하고 비린내가 나고 신맛이 나며 출렁거렸다.

"아이고, 애야. 경허지 말라, 불쌍한 거."

작은할머니가 애끊는 눈물을 흘리며 내 어깨를 잡아 일으켰다. 헝클어진 머리에 눈물 콧물 뒤범벅이 된 나를 부엌으로 데려가 뭐라도 먹어야 한다면서 억지로 먹였던 음식. 울음소리 섞인 풍경 속에서 문상객들도 술잔을 비우며 먹던 그게 몸국이다.

양푼에 담근 돼지고기 등뼈에서 핏물이 우러나와 물감처럼 번진다. 몸을 소금물로 빨래하듯 빡빡 문질러 씻고 헹군다. 한 가닥을 뜯어 입안에 집어넣고 씹으니 작은 알갱이 숨꽃이 톡톡 터진다. 끓는 물에 핏물 뺀 돼지 등뼈와 대파, 마늘, 생강을 넣으니 침묵 속으로 녹아들며 톡 쏘는 알리신 향내가 피어오른다. 불 조절을 하며 두 시간 이상 끓인다. 국물 위로 등뼈가 삐죽삐죽 들썩이며 올라온다. 국자에 그득하게 국물을 떠 들여다본다. 냉정하리만치 뼈들을 국자로 꾹꾹 눌러 바닥으로 가라앉히니 눈물로 삼키던 몸국이 되살아난다.

그날의 몸국 한 그릇은 여러 상반된 감정을 얽어매며 나를 혼란스럽게 했다. 생전에 그렇게 좋아하시던 몸국을 먹을 수 없는 아버지. 내게 생生과 사死의 거리는 짧고 갈림길은 차갑게 다가왔다. 죽음의 바짓가랑이를 붙들어봐도 생이 한순간에 끝날 수도 있다는 허무가 나를 짓눌렀다.

아버지의 부재를 이겨내고 집안을 책임진 장녀로서 어떻게든 잘살아내야 한다는 조급함이 밀려왔다. 모든 것이 내 어깨에 걸려 있었다. 어떻게든 힘을 내지 않으면 안 되었다. 몇 끼니 거르고도 배고픈 줄 몰랐던 입맛이 다시 살아났다. 그것은 배를 채운다기보다 영혼과 육신을 다독이는 따스함이었다. 꼬르륵 소리가 온몸을 휘감으며 슬픔으로 허기에 찬 빈속을 몸국이 위를 채우며 마음을 다독였다. 젖은 얼굴에 눈물샘이 멈추고 문상객을 대할 여유가 생겼다.

솥 안에 불순물이 엉긴 뿌연 거품이 부글거린다. 고운 체망으로 거품과 겉도는 기름을 걷어낸다. 이윽고 뽀얀 국물이 우러나온다. 육수에 넉넉한 양의 몸과 고기와 내장과 터진 순대 꼬투리까지 넣고 뭉근해질 때까지 다시 끓인다. 손질한 몸을 끓는 물에 넣으니 바다 향기가 넘실거린다. 푹 고은 뼈를 건져 올려 살점을 발라낸다. 돼지기름이 몸 건더기 살결에 스며들며 그 조합이 어느 쪽에 치우치지 않는다.

메밀가루를 풀어 넣고 다시 끓이니 국물이 풀풀하게 진해진다. 국물이 진해지면 그 맛이 오죽 진득하랴. 사는 것 자체가 진득한 일이 아니던가. 몸국 한 숟갈을 떠 맛을 본다. 국물에서 몸 향기가 묻어나는 감칠맛이다. 아버지의 맛이 내게로 온다. 남은 가족에게 그리운 그림자만 드리워놓고 떠나신 마흔여덟 살 아버지. 그렁그렁한 기억을 더듬으며 내가 더 달이고 고아내야 할 것이 무엇인지 생각해본다.

돌이켜보니 지난 세월은 아궁이 불꽃을 피우는 불쏘시개 같은 삶이었다. 내면에서 벌이는 이중적 감정의 삶은 고달프고 힘들었다. 그렇지만 모두 받아들이며 녹아내야 했던 나의 몫이었다. 고통으로 힘들다고 원망과 후회도 많았고 가족들과 이웃, 친구들에게 아집으로 상처도 많이 주었다. 상처 많은 나무가 아름다운 무늬를 남기듯 이겨내다 보니 기쁨도 즐거움도 많았다. 고통도 나쁜 것만은 아니었다.

아직도 가슴 안쪽에 쌓인 묵은 먼지와 허기지고 덧난 아픈 자국이 남아 있다. 모든 것을 그러려니 하는 마음으로 묵묵하게 삶에 녹이다 보면 몸국처럼 진국의 삶을 만들어갈 수 있으리라.

오늘따라 서쪽 하늘 구름이 더 발그레하다. 텅 빈 위장에서 시장기가 도는 꼬르륵 신호 소리가 난다. 뭄국에 푹 녹여낸 속삭임을 들으며 저녁 밥상을 차린다.

콩죽, 죽을 쑤다

대한大寒이 지났지만 절기의 끝자락은 얼음 속에 숨어 있다. 해발 300미터 명도암 마을은 노루의 울음소리만 두렁거리는 산사 풍경이다. 겨울바람 소리에 봄을 기다리는 설렘이 뭉개진다.

꽃불을 켜고 햇살 한 줌, 바람 한 줌 삼키며 열정으로 피운 애기동백. 열어젖힌 꽃에 까칠한 볕살이 내려서고 꽃그늘이 수런거린다. 속절없이 사그라져가는 붉디붉은 꽃잎들, 숨 가쁘게 꽃을 피워냈듯이 찬 서리 만나 하염없이 떨어진다.

채소 텃밭에 초대받지 않은 손님처럼 잠시 쪼그리고 앉는다. 눈을 가늘게 뜨고 찬찬히 들여다보니 배추며 시금치가 잔설을 비집고 머리를 내밀고 있다. 땅속의 신음 소리를 듣는다. 손으로 쓸어보다가 한 잎 뜯어 입에 넣는다. 나물 향기가 입안에 잔잔히 퍼진다. 깊고 그윽하다. 꽃처럼 진한 향기는 아니지만 간들간들하는 바람을 등에 업고 자신의 존재를 드러낸다.

가슴속 무언가 뜨거운 응어리가 불끈 솟아난다. '대한大寒이 소한小寒 집에 놀러 갔다가 얼어 죽었다'는 속담처럼, 눈발이 날리고 매섭게 추운 겨울이면 생각나는 음식이 있다. 연둣빛의 속살을 지닌 서리태콩죽이다. 자극이라곤 찾아볼 수 없는 부드럽고 따뜻한 블랙푸드. 신장을 다스리고 혈액순환을 활발하게 하는 약재나 다름없는 해독 음식이다.

어린 시절 배탈이 나면 어머니는 흰죽을 끓여주시곤 했다. 흰죽을 한두 끼 먹고 기운을 차리면 원기 회복을 위해 콩을 갈아 콩죽도 끓여주었다. 이런 뜨끈뜨끈한 죽 한 그릇으로 어지간한 배탈을 이겨내고 웃을 수 있었다.

서리태콩을 휘리릭 씻어 물에 담가 불린다. 딱딱했던 콩알이 무너지며 부드러워진다. 콩을 삶아 믹서에 넣고 갈아준다. 뚜따따따~, 모터 돌아가는 소리가 요란하다. 삶은 검은콩이 뭉그러지고 으깨지며 갈리면서 순식간에 형체를 알아볼 수 없다. 춤추는 무희처럼 매혹적이다. 짓누르던 나의 감정도 요동친다. 서리태콩을 체에 걸러 앙금을 내린다. 그 색깔 속에 지난 고통과 슬픔의 세월이 녹아난다. 향긋한 몰입의 순간이 찾아들며 물 흐르듯 마음이 편안해진다.

불린 쌀과 물을 냄비에 넣고 끓인다. 끓는 냄비가 달그락거리며 거친 숨을 몰아쉰다. 나무 주걱으로 휘휘 젓는다. 덩달아 솟구치던 기포가 누그러지면 불을 줄인다. 이렇게 불 조절을 하다 보면 한숨만 푹푹 내쉬던 지난날들이 허기짐으로 찾아든다.

쌀알이 퍼지면 갈아놓은 서리태콩 앙금을 붓는다. 바닥에 눋지 않도록 천천히 저으며 약한 불에서 끓인다. 이게 맛난 죽의 비법이다. 믹서기에 흔들어놓은 물을 부어가며 농도를 맞춘다. 쌀알이 퍼지면서 부글부글하던 거품도 가라앉는다. 억누르던 감정도 숨을 고르며 신산했던 시간이 수굿해진다. 죽에는 갱년기 여자를 달래줄 이소플라본이 무른 시간 속에 고소함으로 녹아난다.

죽 한 그릇을 식탁에 올리니 잃었던 입맛과 기억이 떠오른다. '맛'보다는 '생존'으로 먹었던 죽. 가난한 시절의 허기를 채우고 고단한 몸과 마음을 따뜻하게 감싸준 한 끼니. 눈 속의 어린 시절 음식으로 다가온다.

대추 고명을 얹고 물김치와 간장으로 차려낸 죽상이 소박하고 정갈하다. 뜨거운 죽을 식혀가며 먹는다. 고개를 숙이고 혼자 먹는 죽은 지난 삶을 반추하는 여유를 갖게 한다. 천천히 숟가락질하다 보면 옹색했던 삶도 부드럽게 지나간다.

서리태콩죽은 자주 먹는 음식은 아니다. 어쩌다 밥보다 죽이 생각날 때가 있다. 하루 동안 낯설고 고단했던 시간의 흔들림이 컸던 탓일까. 어둠이 내린 주방에 전등불을 밝히면 가끔 머릿속에서 믹서기 돌아가는 소리가 난다.

시리고 고단한 세월을 따뜻하게 품어주는 죽, 그런 죽을 쑤는 사람은 잘 보이지 않는다. 입에 넣으면 아무 맛이 없는 듯해도 먹을수록 죽맛처럼 정이 깊은 사람, 매일 아등바등해도 죽이 척척 잘 맞는 살가운 삶을 사는 사람을 그리워하게 된다. 삶의 모퉁이를 돌 때마다 옹졸하고 편협하게 살아온 것 같아 죽 같은 사람이 기다려진다.

창문 너머 봄을 재촉하는 바람이 성큼성큼 걸어 들어온다. 얼마 남지 않은 나뭇잎이 내는 소리에서 죽의 속심을 듣는다. 이제라도 찰기로 뭉쳐진 서리태콩 죽처럼 눅진한 정으로 익히고 삭힌다면 또 다른 풍미로 남은 인생을 즐길 수 있지 않을까.

그래서 오늘도 나는 죽을 쑨다.

나비의 꿈

장맛비가 떠난 청명한 달밤이다. 달은 먼 허공을 비추고 별들은 구름 사이에 희미하게 듬성듬성 머물러 있다. 멀리서 노루 울음만 컹컹 들릴 뿐, 8월이 도착한 마을은 적막하다. 마당에 나가 광나무 아래 의자에 앉아 눈을 감는다. 광나무는 달빛에 취해 잠이 들었는지 고요하다. 이따금 맑은 바람이 스치면 잎새들이 뒤척거리듯 살랑거린다. 달과 별과 나무와 바람을 벗 삼으니 자주 들여다보며 읽던 시가 불쑥 가슴을 적신다.

외로움이나 그리움이 밀려들 때면 시집을 펼치곤 한다. 김기림을 읽는 시간은 한 폭의 수채화를 그리게 된다.

"조약돌처럼 집었다 조약돌처럼 잃어버린…… 어느새 어둠이 기어나와 내 뺨의 얼룩을 씻어준다."

「길」의 한 부분이다. 이 아름다운 구절에 오래 머물다 다음 페이지를 넘긴다. 맑고 산뜻한 이미지를 접하노라면 깊은 감성에 흠뻑 젖는다.

"흰 나비는 도무지 바다가 무섭지 않다.//청靑무우밭인가 해서 내려갔다가는/어린 날개가 물결에 절어서/공주처럼 지쳐서 돌아온다."

그의 시 「바다와 나비」 한 부분이다. 기발한 상상력에 감탄하지 않을 수 없다. 깨끔하다. 흰나비 한 마리가 "청무밭인가 해서 내려갔다가는" 처얼썩 물을 맞고 돌아가는 광경에 머무른다. 전에 봤던 그 무밭들과는 사뭇 다르다. 다시 날아오르려는데 젖은 날개가 무겁다.

여름빛이 내려앉은 오름에 상현달이 걸려 있다. 달의 시린 숨결이 시어머니 체취를 풍기며 폐부를 찌른다. 이북이 고향인 시어머니의 주름진 삶 언저리에 굽이마다 옹이가 박혀 있다. 시커먼 밤으로 살았던 시간이 별이 되어 떨어진다.

전쟁으로 남북이 찢어지고 혈혈단신 남쪽으로 넘어오신 시어머니는 나비였다. 평양간호조산전문학교 열아홉 살. 싱그런 나이에 수심을 알 수 없는 낯선 비행의 끝이 어디쯤이었는지 몰랐다. 바다의 깊이를 어찌 알랴. 청무밭인가 해서 내려가보았는데 가도 가도 바다였다.

어디에 내려앉을까. 사방을 둘러봐도 발 디딜 곳이 없는 흰나비. 고향도 잃고 가족도 잃고 젊음도 잃고 사랑도 잃었다. 묘향산은 보이지 않고 청천강도 보이지 않아 오륙도 너머 수평선을 건너왔다. 가장 아름다워야 할 청춘을 고단한 날갯짓하며 서울로 원주로 부산으로 제주 신촌 바닷가에 내려앉았다. 호흡마저 느려진 모진 세월을 견디다 보면 서글픈 바다에도 꽃이 피리라 생각했다. 60여 년 동안 떠나온 고향과 가족을 그리워하며 바다에 풀어놓는 아픈 사연은 숨비소리였다.

정지용의 시에 곡을 붙인 〈향수〉 테이프를 틀어놓고 따라 부르며 고향으로 돌아갈 날만을 기다리며 한 해 또 한 해를 보냈다. 이산가족의 상봉을 지켜볼 때마다 흘리시던 어머니의 눈물을 그 누구도 닦아주지 못했다. 바다만 바라보며 울음 낭자한 청천강에 젖어보는 것만이 위안이 되었을까. 촉촉이 젖은 두 눈의 초점은 갈 수 없는 북쪽을 향해 맥없이 흐려지곤 했다.

살아가면서 크고 작은 시련이 왜 없었으랴. 그래도 어머니는 떠돌다 시퍼렇게 쓰러져도 나비의 꿈을 놓칠 수 없었다. 마티다* 노래를 부를 뿐 쓰라림도 고된 시련도 겁내지 않았다. 아버님이 뇌졸중으로 12년 동안 앓다 먼저 죽음의 길에 들었어도 남겨진 자식들을 붙들고 좌절하지도 나약하지도 않았다.

홀로 남겨진 바다에서 청무밭의 아름다운 꽃을 찾아보려고 허리를 틀었다. 날개 가장자리가 찢기어도 눈물을 거두며 푸른 바다 위를 날아가는 나비의 꿈만은 포기할 수 없지 않았을까. 세상에 지지 않으려 검버섯 이끼가 번져도 청무꽃을 피우고 싶었다. 어쩌면 처음부터 바다에는 꽃이 피지 않음을 알고 있었는지도 모르겠다.

어머니가 세상을 떠나신 지 10년이 훌쩍 넘었다. 삶의 옹색함 속에서도 가만가만 들려주시던 어머니의 지난 이야기. 멈춰버린 청천강에 꽃잎을 띄운다. 보고 싶다고, 언제가 무꽃이 꼭 필 것이라고. 흐뭇한 달빛이 흐르는 팔월 밤하늘. 흰나비, 청무꽃 되어 피어난다.

* 마티다: (북한어) 쓴맛, 단맛 다 겪으면서 온갖 시련을 견디어내다.

동백꽃 피는 봄날

빗방울 수런대는 소리에 잠에서 깬다. 눈을 번쩍 떠보니 새벽 3시다. 창문을 두드리는 빗소리에 가만히 귀 기울인다. 온몸이 으스스해지며 세상에 홀로 있는 듯한 고독감이 몰려온다. 몽롱한 상태에서 쓸쓸함이 온몸 깊이 파고들어 알갱이 져 떨어지는 것 같은 아득한 의식의 세계에 젖는다. 가슴은 눌러놓은 상처가 터질 듯 쿵탕거린다.

유튜브를 듣다 잠이 든 책상 옆에 스탠드 불이 켜져 있다. 어깨 너머 핸드폰에서는 베르디의 〈라 트라비아타〉가 흐른다. 마시다 남긴 카모마일 찻잔에서 국화 향기가 은은하게 풍긴다. 아슴아슴한 의식 속에 낮에 보다 두고 온 삼춘네 집 동백꽃이 고개를 든다.

울타리 동백꽃과 함께 봄이 왔다. 꽃다운 청춘을 품었는가. 매혹적인 빠알간 불꽃의 심장들, 그 붉은 꽃잎과 노란 꽃술이 안부를 전한다. 봉긋한 꽃송이가 빙긋이 웃는다. 눈을 뗄 수 없다. 한참 들여다보다 숨을 들이쉬면서 그꽃의 다디단 꽃물을 마신다.

짙은 초록 잎이 기름칠한 듯 반들반들하다. 당신을 사랑한다는 꽃말처럼 녹색 잎에 숨겨질 듯 말 듯한 꽃들이 정열적으로 빛난다. 새색시의 녹의홍상綠衣紅裳이라고나 할까. 동백 아가씨가 걸어 나오는 듯하다. 동백꽃을 사랑한 '춘희' 마르그리트, 마지막까지 아르망을 너무 사랑했기에 "돌아와주세요. 아르망, 괴로워 참을 수 없어요." 하며 동백꽃을 들고 나올 것 같은 착각에 빠진다. 오로지 동백꽃만을 사랑했던 그녀. 한 달 중 이십오 일은 흰 동백꽃을, 나머지 닷새는 빨간 동백꽃으로 치장했다니 그녀의 동백꽃 사랑을 감히 누가 따를 수 있으랴. 연극 공연 날도 자신의 전용 관람석에 반드시 동백꽃 꽃다발을 놓도록 했고, 그녀의 무덤도 하얀 동백꽃으로 덮여 있다.

꽃그늘이 허벅지다. 고샅에서 자란 나무의 굵은 밑둥치에서 갈라져 뻗은 자리에 옹이가 보인다. 통곡하다 피멍 하나 박혀 멈춘 흔적, 울끈불끈한 옹이가 자글자글한 주름 같다. 척박한 땅에서 억척스럽게 추위와 비바람을 견뎌내며 꽃과 열매를 맺어냈다. 그래서 동백은 불타는 순애보의 상징인가.

아직 시들지 않은 꽃송이가 봄의 옷자락을 잡고 흐느끼지 못한 채 '툭' 떨어진다. 사랑하는 이를 더 기다릴 수 없는 처절함 때문일까. 망설임도 두려움도 없다. 꽃잎은 한 장씩 떨어지지 않고 아무 미련 없이 온몸으로 손짓하며 이별을 한다. 꽃그늘만이 서글프게 울음을 토할 뿐 나뭇가지도 두터운 잎도 속수무책이다. 통째로 떨어져 눈을 감지 못한 채 생명의 불꽃을 지상에서 한 번 더 피운다.

동백꽃 낙화에서 죽음을 연상할 수밖에 없는 제주의 아픈 역사가 애처롭고 눈물겹다. 초록 잎 사이사이에서 소리 없이 희생된 자들의 못다 한 말과 하지 못한 그 속울음이 들리는 듯하다. 언제면 뼛속까지 스민 상처와 아픔과 그리움을 밀어낼 수 있을까. 동백의 섬 제주가 눈발에 흘린 붉은 피와 눈물, 그 상흔을 짚으며 동백이 걸어온 길을 천천히 들여다본다.

동백꽃은 나무에 피고 땅에 피고 가슴에 핀다고 했던가. 막걸리 집 여자의 육자배기 가락에 동백꽃만 남았다던 어느 시인처럼 내 가슴속에서도 동백꽃 서너 송이 붉게 피었으면 좋겠다. 젊은 날의 윤기 흐르던 봄날처럼.

나무도 열매를 맺을 때 아프다

마당에 감나무 두 그루가 있다. 바람에 잎이 흔들리고 감꽃들이 소곤소곤 이야기를 나눈다. 햇살이 어루만지고 지나더니 가지마다 열매 맺을 자리 준비를 한다. 똑같이 퇴비를 주건만 이상하게 한 그루만 꽃을 피우고 열매를 맺는다. 영양이 모자랐는가. 정성이 모자랐는가.

생선 파는 아주머니에게서 고등어 손질하다 남은 것을 얻어 와 썩혀 두었다. 그 썩힌 고등어를 땅에 묻어주려고 하는 내게 윗집 정화 여사가 말을 건넸다.

"나무에 너무 좋은 거름을 주면 기름져서 수정이 잘 안 되마씸."

나무 밑에 호미로 땅을 일구며 잡풀을 뽑는 나를 보며 답답한 듯 또 다시 입을 연다.

"밑둥에 톱자국을 내든지 껍질 벗깁서."

박피 고통이 있어야 열매를 맺는다니. 문득 햇살 속에 눈을 뜨고 있는 감꽃을 보니 첫 아이의 출산 때가 스쳐 지나간다.

속옷에 미지근한 점액이 흘러내렸다. 이슬이었다. 뱃속 작은 우주에서 아기가 춤을 추며 심장에 북을 쳤다. 쿵닥 쿵닥, 쿵, 닥, 쿵. 아이의 아리아였다. 시간을 거슬러 둥지를 튼 자궁 속을 더듬으며 밤하늘을 바라보았다. 보석 같은 별들을 풀어놓은 하늘이 아름다웠다. 가장 빛나는 별 '안타레스'가 마을을 이끌고 있었다. 마을은 깊은 잠에 빠져 고요했다.

허벅지에 쥐가 나더니 허리가 슬슬 아프기 시작했다. 희미한 두 줄 임테기 씨앗을 보금자리에 뿌리고 지내온 지 8개월. 태어나기엔 두 달이나 남았다. 가속 페달을 밟았는가, 브레이크가 고장 난 것인가. 무엇이 문제인지 알 수가 없었다.

내가 초등학교 5학년 때 막내가 태어났던 그날이 떠올랐다. 아버지는 안 계시고 늦은 오후에 어머니에게 산통이 시작되었다. 어머니는 깨끗한 밥그릇에 쌀을 담고 미역 한 잎을 얹어 걸치더니 방에 있는 궤 위에 올려놓았다. 생명을 점지해준 삼신할머니께 탈 없이 태어나 잘 자라게 해주기를 바라는 마음이었으리라.

부엌에는 더운 김이 서리고 솥엔 물이 설설 끓고 있었다. 방에서 나를 부르는 소리가 들렸다. 이웃 아주머니를 모셔오라며 울음 섞인 목소리로 말씀하셨다. 신음도 크게 하지 못했다. 아침에 일어나보니 피와 땀과 젖 냄새가 방 안에 풍기고 있었다. 막내인 아기는 배냇저고리를 입고 이불에 감싸인 채 자고 있었다.

갑자기 다시 당길 듯 배와 허리가 아파왔다. 화장실을 들락날락했다. 남편은 어찌할 바를 모르고 방과 마루를 왔다 갔다 한다. 그러다가

벽에 기대어 눈을 떴다 감았다 하면서 선잠을 잤는지 내게 묻는다.

"지금 몇 시야?"

머리를 긁으며 남편은 날이 밝기만을 기다린다. 신음하는 나를 보더니 안절부절못하고 눈치만 살핀다. 음, 음~. 진통이 왔을 때 남편의 머리채를 잡아당겼노라는 친구 이야기가 떠올랐다. 그렇지만 쪼그려 앉고 떨고 있는 그에게 그럴 수는 없었다. 날이 밝더니 후텁지근한 바람이 간밤의 일들과 버무려지며 날아다녔다.

남편은 학교로 출근하고 단숨에 달려온 시어머니와 함께 길을 나섰다. 병원에 가기 전에 학교에 들렀다. 교장 선생님 얼굴을 보니 당혹스런 눈빛이었다. "가정 선생님은 산후 휴가도 방학으로 해야 해요." 건조한 악센트로 귀에 박히도록 말했던 모습이 떠올랐다. 산후 휴가는 방학 때? 얼음장처럼 차디찬 그가 너무나 야속했다. 가슴이 조여왔으나 두 달간 산후 휴직서를 냈다.

산부인과 병원으로 향했다. 진찰실에 앉아 있는 의사를 보니 반가웠다. 지난밤의 경과를 듣고 청진기를 가슴과 등에 댄다. 아이의 심장 박동수와 출산 시기 여부를 체크한 모양이었다. 얼굴이 굳어지며 단호한 어조로 말했다.

"제왕절개 해야겠는데."

순간 어디서 힘이 났는지 나도 단호했다.

"죽어도 저는 자연분만 하겠습니다."

아기의 출산에 칼을 대는 것은 동의할 수가 없었다. 그것은 자연의 섭리를 거스르는 일이고, 나의 자존심도 허락지 않는 일이었다. 의사

선생님은 잠시 머뭇거리더니, 굽힐 수 없는 오기를 읽었는지 "유도분만 준비해주세요." 하며 간호사를 다급하게 불렀다.

간호사가 발 빠르게 움직였다. 진료확인서를 보고는 입원실로 안내했다. 입원실은 칙칙하고 서늘했다. 촉진제 링거주사와 담요를 갖고 오더니 차갑게 한마디 하고 나가버렸다.

"자궁 문이 열리젠허믄(열리려면) 아직 멀어수다(멀었습니다). 진통이 올 때까지 기다립써."

그 말을 듣는 둥 마는 둥 침대에 누워 눈을 감고 불러온 배를 만지며 아이와 내게 속삭였다. '잘 자라주어 고마웠어.' 내가 웃으면 뱃속의 아기도 같이 웃고, 내가 울면 같이 울었다. 아이는 장난스럽게 이쪽저쪽으로 발을 동동 구르며 엉덩이도 들썩였다. 때때로 아이가 축구선수처럼 슈팅을 날리면, "아야야" 하며 엄살을 부리기도 했다.

간호사가 간간이 찾아와 호흡을 크게 하라며 상태를 확인하고는 휙 다시 나가버렸다. 순간 서글픔이 왔다. 시어머니께 남편을 부르자고 했더니 차가운 목소리로 말했다.

"학교에 있는 애를 불러서 뭐 하냐? 내가 있으면 됐지."

순간 병실에 침묵이 흘렀다. 그 말을 씹어 삼키는 일은 산통보다도 더 힘들었다. 아무런 연락도 없는 남편이 감나무 껍질 속 깍지벌레처럼 너무 얄미웠다.

주사 용액이 세포를 헤집듯 몸속을 흐르는 것 같았다. 진통은 왔다 갔다 하더니 배 주위를 훑고 지나 세차게 허리 쪽으로 왔다. 진통이 올 때마다 낙타의 울음소리처럼 거친 숨을 몰아쉬었다. 시간이 어느 정도 지나갔다. 몇 분마다 오는 아픔으로 입술을 깨물고 참을 수밖에 없었다. 감꽃이 떨어지는 울음소리로 열매가 달리듯 한 여자가 '어머니'로 다시 태어나고 있었다. '어머니도 이렇게 나를 낳았구나.' 눈가에 눈물이 주르르 흘렀다.

그렇게 팔삭동이 딸이 이 지구에 첫발을 떼었다. 아이는 내게로 와 귀한 선물 두 개를 주었다. 하나는 사랑스런 '딸', 또 하나는 '엄마'라는 이름이다. 나의 딸은 친정어머니의 정성스러운 손길로 인큐베이터에 들어가지 않은 채 잘 견뎌주었다.

아이는 모진 세파에도 잘 살아내더니 지금은 엄마 나무가 되었다. 든든한 나무 뿌리를 뻗어 또 다른 세 가지 꽃을 피웠다. 어머니가 하늘 여행을 떠나신 지 5주기 되는 날. 사진 속 어머니가 웃으며 말을 걸어왔다.

'꽃을 피우고 열매를 맺을 때는 나무도 아픈 거다.'

나무 잎새를 흔드는 게 바람뿐이랴. 혹시 떨어질까 애지중지 자식을 키우셨을 어머니가 그립다. 감나무에 노란 감꽃이 풍성하다. 잎이 떨어지면 주먹만 한 붉은 감들이 열릴 것이다. 그 열매로 환해질 가을이 기다려진다.

는쟁이범벅

마을 어귀의 메밀밭, 팝콘 터지듯 새하얗게 꽃을 피우고 있다. 흐드러지게 핀 메밀밭은 꽃의 바다라고나 할까. 젊은 남녀가 그 바다에 첨벙 뛰어든다. 사유지라 새끼줄을 치고 주의 사항 팻말이 걸려 있건만 아랑곳하지 않는다. 사랑의 약속을 남기려는지 셀카를 누르고 있다. 꽃말이 '연인'이었던가. 말하지 못한 마음이 꽃잎에 떨어진다. 바람 따라 몸을 움직이며 깔깔 웃는다.

멀리 보이는 숲과 오름도 이들이 전하는 사랑 이야기로 수런거린다. 방향을 알 수 없는 바람이 허공을 채우다 꽃잎에 구두점을 찍는다. 꽃잎에 쓰인 대화들이 빛으로 반사되며 퍼져나간다. 눈을 뿌려놓은 듯 포옹하고 싶다는 달콤한 유혹에 사로잡힌다. 메밀꽃을 보며 혀끝 언저리에 자리 잡고 있던 맛을 떠올려본다.

찬 바람 불고 비가 내리는 날이면 구좌 송당이 고향인 앞집 삼춘은 고구마를 듬성듬성 썰어 넣은 는쟁이범벅을 만들어 나눠주었다. 그런 날은 신나기보다 시큰둥해지며 입꼬리가 처졌다. 철없는 동생은 맛이 없다며 찡그린 얼굴로 툴툴거렸다. 이런 모습을 보고 어머니는 깊은 한숨을 내쉬고 동생을 달래며 범벅으로 배를 채웠던 이야기를 들려주었다.

“난(나) 두린(어린) 때 모두 가난행 는쟁이범벅도 졸바로(똑바로) 얻어 먹지 못했저. 밧디(밭에) 강 일을 허젠 허민 범벅 만들엉 광목천에 쌍(싸서) 강 그것 한 덩이 먹엉 종일 일을 했저. 무사(왜) 식솔은 함광(많은지).”

어린 시절 먹을거리가 많지 않아 는쟁이범벅도 많이 먹지 못했다며 말문을 열었다. 하루 종일 범벅 한 덩어리를 먹고 밭일을 했다며 그때가 생각이 나셨는지 어머니는 눈을 지그시 감았다. 왜 그리 식구는 많았는지……. 범벅을 한 숟가락 떼어 입에 넣으시곤 눈시울을 붉혔다. 동생은 여전히 씰룩거렸지만, 나는 아무런 말을 하지 못했다.

는쟁이는 메밀을 맷돌로 갈아 체로 쳐서 고운 가루를 내리고 난 후 남은 거친 가루이다. 쌀은 귀하고 조나 보리로 끼니를 때웠지만 식구가 많아 그것마저 부족했다. 는쟁이가루에 무나 톳이나 고구마를 넣어 범벅으로 양을 늘릴 수밖에 없었다. 찬 기운이 있는 메밀은 소화가 잘 되지 않았다. 그래서 메밀 음식은 소화에 도움을 주는 무를 넣어 만든다. 배를 곯지 않기 위해선 먹기 싫어도 어쩔 수 없었다. 껄끄러운 음식인데도 한 숟가락이라도 더 먹으려고 머리를 맞대고 아옹다옹했다고 했다. 그 아련한 모습이 그려진다.

맛도 연륜에 따라 다른가. 나이가 들면서 좋아하는 맛도 달라지고 투덜대며 먹던 그 맛이 그리워지니. 어느 날 오일장에서 곡물 장터를 지나가다가 는쟁이가루 글자가 눈에 띄었다. 는쟁이가루를 사서 범벅을 만들었다. 는쟁이범벅은 수월하게 만들 수 있는 간단한 음식이다. 어머니에게서 익힌 조리법, 고구마 껍질을 벗겨 먹기 좋은 크기로 듬성듬성 썰어 삶는다. 거기에 소금 간을 하고 는쟁이가루를 넣어 주걱으로 저어가며 혼합하면 그만이다. 냄비에 달라붙지 않도록 불 조절만 잘하면 되는 요즘에 핫한 웰빙 해독 음식인 셈이다.

는쟁이범벅 한 숟가락을 떠 입에 넣는다. 톡톡 터지는 세련된 맛은 아니다. 고구마와 메밀의 단맛과 미미한 맛의 조합으로 부드럽다. 재료 그대로의 맛, 담백하고 순수하다. 나는 이런 맛을 좋아한다. 힘든 일상을 위로하고 자존을 회복시키는 쉼표 같은 그리움의 맛, 이런 맛을 느낄 때는 약하게 살지 않았던 지난 세월을 되돌아보게 된다. 비로소 내가 제주 사람임을 절감한다.

는쟁이범벅은 맛보다는 사랑으로 다가온다. 살아온 삶의 궤적을 들여다보니 힘들었던 흔적들이 애틋한 무늬처럼 남는다. 는쟁이범벅을 맛보며 세상을 향해 이건 아니라고, 아이들이 속을 썩이거나 남편의 자유분방한 태도도 그저 참고 참으며 거절도 거부도 못 했던 나를 만난다.

매 순간 흔들리고 혼란스러웠다. 그렇지만 내 삶의 일부에 지나지 않는다고 생각하니 조금 여유가 생긴다. 있는 그대로 마주하자 다짐하니 몸 안의 탁하던 혈액이 메밀 속 루틴으로 맑아지며 염증이 가라앉는다. 간장肝腸에 달라붙은 스트레스가 서서히 빠져나간다. 나의 굴레에 달아오르던 열도 내려주며 김사인의 시 「꽃」 구절이 시린 눈물을 다독인다.

> 살아야지
>
> 일어나거라, 꽃아
> 새끼들 밥 해 멕여
> 학교 보내야지

햇살과 바람에 기대어 피어난 메밀꽃을 다시 본다. 끝없이 펼쳐진 꽃들이 서로 연인이 되어 꽃가루를 날린다. 나도 한 송이의 메밀꽃으로 문 도령을 살린 자청비가 되면 어떨까. 는쟁이범벅이 가만가만 나를 쓰다듬으며 덕담 한마디 한다. 내게로 온 메밀꽃의 인연에 사랑을 싣고 살아가라고. 나를 살게 하는 목소리가 때 묻은 얼룩을 씻는다.

솔잎 그리움 되어

비에 젖은 아름드리 소나무 숲이 서늘하다. 그 기개가 독야청청이다. 서로 간섭하지 않고 다정하게 이야기를 나누듯 올곧게 말없이 자리해 있다. 어떤 나무는 담쟁이넝쿨이 기어올라도 모른 척하고 있다. 호젓한 숲에서 나무의 침묵의 소리를 듣는다.

거칠게 갈라진 나무껍질이 비에 젖어 수묵화를 그려놓았다. 거북등처럼 새겨진 뚜렷한 검은 무늬. 바람이 불며 나무를 흔들더니 솔잎 물방울이 굵은 몸통 틈새를 비집고 살며시 스며든다. 그 모습이 고귀하다고 해야 할까. 자연을 벗 삼던 윤선도의 「오우가五友歌」를 읊어본다.

더우면 꽃 피고 추우면 잎 지거늘
솔아, 너는 어찌 눈서리를 모르느냐
구천에 뿌리 곧은 줄을 그것으로 아노라

비 오면 비 오는 대로, 눈 오면 눈을 맞으며 늘 푸른 잎을 지닌 소나무의 거친 수피가 서릿발 같은 기개로 절개를 지킨 선비처럼 보인다. 나무껍질 흔적, 겹겹이 쌓인 세월이 녹아 있다.

소나무 숲을 걷는다. 가슴을 펴고 들숨을 크게 마셔본다. 어디에서도 느끼기 어려운 숲 향기와 맑은 공기가 온몸 구석구석으로 스며든다. 내 안에 있던 모든 번뇌와 쌓인 피로가 씻겨나간다.

까마귀 한 마리가 어디서 날아왔는지 잔뜩 깔린 솔잎 위를 톡톡 뛰어다닌다. 친구가 된 듯 정겹다. 포근하게 땅을 덮고 있는 솔잎을 밟으니 가슴이 울렁거린다. 이제는 아무도 줍지 않는 솔잎이다. 마음속에 깊이 새겨진 무늬처럼 어린 시절을 불러낸다.

초등학교 시절, 산림 보호로 벌목이 금지되어 우리 집 땔감은 솔잎이었다. 겨울방학이면 나는 글갱이*를 들고 옆집 삼춘과 함께 솔잎을 긁으러 가곤 했다. 삼춘은 또래에 비해 몸이 튼튼하고 부지런한 나를 잘 데리고 다녔다. 솔잎을 긁으러 가는 날엔 장갑은 없었지만 머리에 보자기를 쓰고 복장도 단단히 했다. 이웃 삼춘은 그런 나를 좋아해 집에서 한참 떨어진 황새왓까지 데리고 다니곤 했다.

붉은 솔잎이 잔뜩 널린 곳을 찾을 때는 삼춘은 미소를 지으며 내게 말을 건넸다.

"늘랑(너는), 여기서 허라. 난 저쪽에서 긁으켜. 다 긁으면 여기서 만나게."

* 글갱이 : 갈쿠리의 제주 방언.

서로 양쪽에서 솔잎을 긁기 시작했다. 쓰윽 쓱, 솔잎 긁는 소리가 숲을 채워나갔다. 나는 어떻게든 삼춘만큼은 긁으려고 부지런히 손을 움직이며 놀렸다. '솔잎'이란 화두를 가진 수행이라고 할까. 외로움도 무서움도 없이 한마디 말도 하지 않은 채 솔잎만 집중하며 긁었다. 글갱이로 긁어서 한쪽에 모아지면 다른 쪽으로 가서 솔잎을 긁어모았다. 그렇게 모인 솔잎을 날라서 한쪽으로 옮겨 보릿짚 쌓듯 크게 쌓았다. 가시덤불 사이에도 벌건 솔잎들이 널려 있었다. 횡재라 생각하고 맨손으로 끄집어내다 가시덩굴에 긁히기도 했다. 그렇지만 아랑곳하지 않았다. 긁은 솔잎들을 모으니 작은 오름처럼 둥글게 쌓였다.

삼춘이 내가 긁은 솔잎을 보더니 웃으시며 말했다.

"두려도(어려도) 나보다 하영(많이) 긁어싱게, 이제랑 보달(다발) 맹글라(만들라)."

그 칭찬 한마디에 밥값을 한 것 같아 춤출 듯 흐뭇했다. 그 말이 끝나자 바닥에 끈을 가로세로 두 줄씩 놓았다. 끈 위에 솔잎 더미를 차곡차곡 올려놓았다. 글갱이로 다독이듯 사방을 살살 두드리니 서로 달라붙으며 크게 뭉뚱그린 솔잎 보달이 되었다.

끈으로 솔잎 보달을 세게 묶었다. 내 몸집보다 큰 솔잎 보달을 등에 지고 숲을 빠져나와 집으로 향했다. 숲길을 빠져나오는 일은 쉽지 않았다. 갈쿠리를 지팡이로 삼았지만 얼마 못 가서 솔잎이 내 등을 찌르고 걷는 길이 힘들었다. 발자국 옮길 때마다 솔잎 보달을 부려놓고 싶었다. 그럴 때마다 다리에 힘을 주고 발자국 숫자를 세며 걷다가 쉬곤 했다.

집에 당도해 마당 한쪽 모퉁이에 부려놓으면 어머니는 솔잎을 정리하면서 대견해하셨다.

"많이도 했져, 어떵 걸어와 신고. 착하다."

그 한마디에 어깨가 으쓱해지고 힘들었던 순간들이 달아났다. 눌** 같이 쌓인 솔잎을 보니 부자가 된 듯했다. 겨울 추위가 와도 무슨 걱정인가. 구들장같이 따습게 느껴졌다.

아궁이에 솔잎을 넣고 불을 붙이면 붉은 불빛과 함께 타오르던 솔잎 냄새가 너무 좋았다. 방고래를 지나 불기운은 굴뚝으로 연기가 되어 피어오르면 집 안은 따뜻한 기운으로 덮였다. 아궁이 앞에 쪼그리고 앉아 뭉근한 불로 밥을 지으면 부엌은 밥물 냄새로 가득했다. 사그라진 불땀에 고구마를 굽고 생선을 굽던 그 시절이 그리워진다.

소나무 한 그루가 껍질이 벗겨지고 삭은 속살이 드러난 채 옆으로 쓰러져 누워 있다. 비바람에 깎인 몸피에는 어머니 굽은 등처럼 굴곡진 삶이 드러난다. 이 나무도 젊은 시절이 있었을 것이다. 비바람이 불 때마다 뒤척이며 살았던 사연들을 날려 보내며 사그라들어 가고 있다. 마지막 육신을 내려놓은 듯.

소나무 둥치를 두 팔 벌려 안아본다. 오랜 세월에도 거침없이 수액이 흐르는 소리를 듣는다. 후끈한 바람을 타고 햇빛 사이로 날아드는 세로토닌이 쏟아진다. 촉촉한 솔잎 사이로 코끝을 자극하는 솔 향기,

** 눌 : 제주의 볏가리. 탈곡 전의 농작물이나 단으로 묶어 쌓아두거나 탈곡하고 난 짚을 쌓아놓은 것.

불똥 튀듯 소나무 숲 바람 타고 넘어온다. 소나무 아래에 서니 솔잎의 상서로운 기운이 온몸을 휘감는다.

솔잎을 다시 들여다본다. 그 나무에서 떨어진 자국. 흙으로 돌아갈 채비를 하며 흙을 감싸 안고 있다. 까마귀도 제 집을 찾아가고 모두 고요하다. 명도암 학촌 마을에 옛 선비의 글 읽는 소리가 그리움 되어 솔잎 사이로 피어난다.

효돈천에 어린 그림자

그리움이 고개를 내밀고 흐르고 있다. 그곳을 찾아 길을 나섰다. 제주시에서 5 · 16 도로를 타고 서귀포로 향한다. 차창 밖은 담록빛 물결로 출렁이고 있다. 세월이 흐를수록 고향이라는 단어가 떠오르고 그 냄새가 가슴으로 스며든다. 모름지기 고향의 냄새는 그리움 그 자체가 아니던가. 서귀포에서 신효동으로 가는 이정표를 보는 순간 추억이 스멀스멀 기어오른다.

늦여름의 내 고향 신효동은 푸름으로 가득했다. 쭉쭉 뻗은 신작로 길을 걷다가 벚나무 아래 앉으니 시원한 바람이 머리카락을 어루만지며 지나간다. 고목이 된 벚나무가 너른 품을 벌리며 나를 껴안듯 반긴다.

'아, 벚나무 아래 내 탯줄이 있었구나.'

가슴 한편이 따뜻해진다. 지나가는 사람들의 밝은 얼굴이 하늘처럼 푸르게 보인다. 사람에게서 지나온 구름 냄새를 맡는다.

흔들거리던 바람이 한가롭게 지나가더니 자갈돌 구르는 소리를 듣던 때가 튕겨 나온다. 그 나른한 바람은 어디로 날아갔는지 모든 게 엊그제만 같다. 발밑에 숨어 있던 기억을 쫓아 되새김질한다. 추억은 말할 수 없는 기쁨의 선물. 곰삭은 추억을 토해내며 세월의 흔적을 풀어낸다.

채색을 덜어낸 희미한 신효동 마을에 한 남자가 성큼성큼 걸어온다. 아버지의 향기가 바람에 날린다. 신효동은 승원공파 군위 오씨 18대손 종손이신 아버지의 자존심이었다. 예禮에 젖어 살았던 아버지, 포마드를 바른 머리카락은 헝클어짐이 없었다. 걸을 때는 감정의 밑바닥에서 끌어올린 각도에 의해 중심을 잡고 반듯하게 걸었다. 흔들림이 없는 뒷모습은 잔잔한 물살 위를 미끄러지듯 편안하게 보였다.

초등학교 때였다. 하례리에 아버지의 누나인 고모가 살고 있었다. 혼자 살고 계신 고모 집에 갈 적엔 바지저고리에 검은 두루마기를 곱게 차려 멋을 내고 나와 동생을 데리고 다니시곤 했다. 두루마기 자락을 날리며 꼿꼿이 조선 선비처럼 걷는 아버지를 따라 고모 집에 가는 길은 더할 나위 없는 즐거움이었다. 나는 길가에 만발한 진달래꽃 그늘에 내려서서 꽃순이가 되어 꽃 한 송이를 따서 머리에 꽂곤 했다.

신효동에서 하례리로 가려면 반드시 건너야 하는 곳이 있다. 효돈천이다. '누구든지 효돈천을 보았다면 다른 천川은 볼 필요가 없다'라고 할 정도로 풍광이 수려하고 기이하다. 효돈천은 한라산에서 화산 폭발하면서 흘러내린 용암의 건천乾川으로 남사면을 대표하는 하천이다. 계곡에는 매끈하게 다듬어진 크고 작은 기암괴석이 병풍처럼 둘러져 있다. 거친 돌에 세월이 스며 있는 듯 원시 자연의 숨결을 느끼게 한다. 그 위로 소나무 숲이 신비의 아름다움을 뽐내고 있다. 계곡은 물굽이를 휘돌아 온 풍적의 고난과 의연함을 보여준다. 속속들이 채우고 비워가며 풍화를 거친 계곡치고는 온화하기 그지없다.

바위들도 그 형상이 다채롭다. 장군의 상반신은 성난 독수리 같고, 거대한 고릴라는 무언가를 바라보는 듯하다. 인디언 추장과 바둑이 형상도 눈에 보인다. 이 바위들의 기묘함에 셔터를 누르게 된다. 큰 바위 암석과 작은 돌을 오르내리다 보면 시소를 타는 듯하다. 물웅덩이를 보니 장난이 발동한다. 동생과 물놀이하며 놀던 때가 생각나 작은 돌을 던져본다. 햇빛이 튀면서 수면이 동심원을 그리며 부챗살처럼 펴져나간다. 빛살이 그려내는 사방연속무늬가 역동적이다. 무당개구리가 몸부림치며 끌고 온 물 위로 뛰어오른다.

효돈천의 숨은 명소 남내소는 숨이 멎을 정도의 아름다운 비경이다. 효돈천 대미를 이루는 가장 크고 넓은 소沼, 그 규모와 깊이로 탄성을 자아낸다. 바위 형태와 대지에서 뻗어내는 생명력의 이미지는 헨리 무어의 조각 〈누워 있는 형상〉을 보는 듯하다. 구름빵 같은 뭉퉁뭉퉁한 돌과 자연경관이 어우러진 계곡은 조각을 위한 작업장이라고 해도 무리가 없다. 곳곳마다 색다르게 펼쳐내는 암반에 광목천을 빨아 서리서리 널어두면 그 위에 그리움의 꽃이 피고 나비가 날아들까. 구멍 숭숭 뚫린 현무암과 달리 암반들이 동글동글하다.

신비롭게 깊숙이 들어앉은 서늘한 계곡, '풍덩~' 뛰어들기엔 그 깊이를 알 수 없는 소沼. 돌멩이 함부로 던지거나 고성방가를 금기시했다. 선불리 다가가지 못하고 정적만이 숨 쉬는 신성한 곳이었다. 아버지와 함께 걷지만 인적이 없는 계곡은 무섭게 느껴졌다. 어디선가 하얀 소복 입은 처녀 귀신이 나올 거 같아 빠른 걸음으로 건넜던 기억이 새롭다. 남내소 주변에 빼곡한 나무에 오색 천들이 걸려 있다. 누군가 기도를 하고 갔는지 촛농이 떨어져 있다.

효돈천을 건널 때면 아버지는 남내소의 슬픈 전설을 들려주시곤 했다.

"하효동 부잣집 외동딸과 머슴 아들이 한 동네에서 어려서부터 친하게 지내며 살았거든. 그러다 둘이는 사랑에 빠져버렸지. 신분으로 반대에 부딪히자 남자가 남내소에 빠져 죽어버렸대. 그 소식을 들은 여자는 비를 내려달라 백일기도를 했어. 거짓말처럼 큰비가 내리고 남자가 남내소에 둥둥 떠올랐다고 해. 여자는 죽은 남자를 부둥켜안은 채 남내소에 뛰어들어버렸어. 그 후 마을에서는 이 두 사람을 기리기 위해 할망당을 지어 제를 지내었지."

아버지의 이야기를 듣다 보면 두려움이 엄습해 왔다. 짙은 물빛이 섬뜩하고 물속에서 유령이 튀어나올 것 같았다. 슬픈 사랑 이야기라고 하지만 공포로 등골에 소름이 쫘악 퍼졌다. 발걸음이 빨라졌다. 바위를 조심조심 기다시피 오르내리면서 거친 한숨을 토해내고 고모 집에 당도하곤 했다. 아버지는 이런 나의 모습을 보고는 "허허" 하며 너털웃음을 지으셨다.

고모는 아버지를 유난히 좋아하셨다. 아버지를 보면 얼굴에서 미소가 떠나지를 않았다. 고모의 집은 어느 집이나 마찬가지인 초가집에 밀감나무로 둘러져 있었다. 도란도란 앉아 그간 나누지 못했던 오누이의 정을 푸는 애틋한 시간이었다. 고모는 메밀 빙떡과 여러 가지 술안주로 정성껏 상을 차리셨다. 달이 뜬 밤하늘, 효돈천을 건너오며 술이 얼큰하신 아버지의 말씀, 오늘따라 귓속을 파고들며 등을 다독인다.

"길이 아니면 걷지를 말고, 말이 아니면 대답을 하지 말라."

흔들리지 말고 정직하게 살아가라는 말씀이 아니던가. 돌을 들여다본다. 그곳에 아버지가 있고 고모가 있고 내가 있는 것은 아닌지. 효돈천은 늘 그립다. 새 한 마리가 땅바닥에 내려앉은 그림자를 보고 부리로 콕콕 쫓는다. 그림자와 놀고 싶었는지 통통걸음으로 뱅뱅 뛰다가 날아오른다. 눈앞의 모든 것들이 진달래꽃 빛처럼 친숙하다.

일흔 살이 넘어도 고향은 그리움으로 설레고 날아가게 한다. 주름진 내 모습에서 아버지와 함께 걸었던 효돈천에 어린 그림자를 찾는다.

멍석딸기

햇살 가득한 거리에 벚꽃 물결이 넘실거린다. 싸락눈처럼 꽃잎이 아스팔트길에 흩어진다. 살아 있음의 향기가 빛이 터지는 소리로 깨어나고 있다. 책을 들고 고즈넉한 한 카페로 갔다. 그늘에 앉아 책을 펼쳐 들었다. 류시화 시인의 "내 안에서 나를 흔드는 이여"가 소록소록 추억을 몰고 온다. 지난 시간을 천천히 더듬으며 따라가다 보니 보릿고개 지나온 어린아이가 보인다. 잊었던 기억이 밀물 되어 오며 다시 살아난다. 미어지는 가슴을 움켜잡는다.

구름처럼 흐르는 세월을 누가 잡으랴. 70년 세월을 되돌아보면 아픔도 기쁨도 슬픔도 가득하다. 떨어지는 빗방울, 바람 소리에도 애틋한 그리움이 있다. 그러나 지나가면 세월이고 되돌아보면 추억이라는 말이 딱 들어맞는 말이 아닐까. 내 깊은 곳에 그리움이 있기에 세상을 넉넉한 기쁨으로 보게 된다.

초등학교 4학년 시절, 억장이 무너지는 일이 벌어졌다. 학교에 갔다

오니 어머니가 겁먹은 얼굴로 큰 한숨을 뱉으며 내게 말했다.

"문철이가 죽었댄 햄쪄."

나는 귀를 의심하며 너무 놀라워 어머니께 큰 소리로 말했다.

"거 무슨 말이우꽈? 아침에 학교에 가는 것을 보아수다."

어머니는 눈을 감고 가슴이 무너지듯 아파하며 긴 숨을 내뱉었다.

"아이고 불쌍한 거, 불쌍한 거." 하고 몸을 부르르 떨면서 되뇌었다.

"엊저녁에 그 집 아버지가 막 술주정 행개마는, 어떻게 된 일이우꽈."

"점심 먹으러 집에 왔단 밥은 없고, 보리탈을 따 먹으려고 밭에 들어갔당 발을 헛디뎌 큰 돌이 굴러 돌에 맞아 그 일이 벌어졌잰 햄쪄."

어머니의 말을 듣는 순간, 머리가 하얗게 되면서 아무런 말을 할 수가 없었다. 나는 앞집으로 달려갔다. 마당에 들어서보니, 그의 어머니는 제대로 숨도 쉬지 못하고 문기둥에 쓰러져 기진맥진한 채 아들의 시신만 바라보고 있었다. 마당 한 모퉁이에 놓여 있는 싸늘한 시신. 그 위에 가마니가 덮여 있었다. 이웃집에서 급히 달려온 동네 어른들만 왔다 갔다 했다.

"무사(왜) 가마니 덮언 있수꽈?"

"가마니에 쌍(싸서) 그대로 땅에 묻젠 허는거여."

한 어른이 풀이 죽은 얼굴에 낮은 목소리로 내 물음에 말을 뱉는다. 꽃 한 송이 없는 가마니 상여에 실려 훠이훠이 구름 손짓하며 하늘로 간 동갑 친구. 주린 배를 움켜잡고 쓸쓸하게 멍석딸기를 찾아 그는 그렇게 떠났다.

저녁노을이 아름다운 사라봉 아래 열 가구의 작은 마을, 우리는 너 나 할 것 없이 남남 아닌 한 가족 형제처럼 살았다. 봄이면 들에 쑥, 달래, 냉이 나물도 같이 캐고 그것으로 음식도 만들어 나누어 먹곤 했다. 여름밤이면 시원한 평상에 모여 앉아 별자리를 읽고 은하수를 보면서 같이 "푸른 하늘 은하수" 노래를 부르곤 했다. 구구단도 외우고, 어른들이 들려주는 귀신 이야기도 함께 들었다. 아침에는 흐르는 개울물에 얼굴을 씻고 운동회가 열리듯 한바탕 동네를 뛰면서 남녀 가리지 않고 같이 뒹굴고 놀았다. 학교를 오가며 삥이도 뽑고 하얀 찔레꽃도 입안 가득 따 먹고선 서로 함박웃음을 짓기도 했다. 공놀이도, 구슬치기도, 팽이 놀이도 함께 했다. 골목길엔 우리들의 웃음소리가 〈터키 행진곡〉보다 활기가 넘쳤다. 가난했지만 행복했다.

멍석딸기는 제주에서는 보리 수확 철에 빨간 열매가 달리는 보리탈을 말한다. 지금처럼 풍요로운 먹거리는 아니었지만, 붉은 열매는 우리에게 감동을 주기에 모자람이 없었다. 보리가 노랗게 익을 무렵이면 동네 친구들은 밭담 사이 멍석딸기를 따 먹곤 했다. 친구는 멍석딸기를 따 가지고 강아지풀 줄기에 꿰어 목에다 걸고 뽐내며 한 알씩 떼어 주는 것을 좋아했다.

친구가 떠나던 날은 개들도 슬픔을 아는지 짖지 않았다. 온 동네가 숨 막힐 정도로 고요하고 적막했다. 그의 아버지는 누렇게 뜬 얼굴로 깊은 한숨만 내뱉을 뿐 아무런 말도 하지 못했다.

그가 세상을 떠나기 전날 그의 아버지와 어머니는 크게 다투었다. 밥상이 엎어지고 창문 깨지는 소리가 요란했다. 다투는 이유는 알 수 없었다. 평소에는 마음도 따스하고 올곧은 그의 아버지는 술을 마시기 만 하면 딴사람이 되고 가족들을 힘들게 하였다. 술주정으로 가족들은 집에 있을 수 없을 뿐 아니라 동네방네 시끄럽게 고성을 치다 혼자 잠들곤 했다. '어떤 아픔이 있길래' 술의 힘을 빌려 온 에너지를 폭발하며 그렇게 마음을 후려치고 피멍이 들게 했는지.

그날도 친구는 저녁을 굶은 채 가족들과 헤어져 남의 집 담벼락에 숨어 있었다. 아버지가 잠든 다음 날 아침, 밥도 먹지 못한 채 학교로 갔다. 어린 나이에 저녁, 아침, 점심, 하루를 꼬박 굶은 것이다. 점심때 집에 오니 어머니는 보이지 않고 솥뚜껑을 열어보니 빈 솥이었다. 먹을 것은 없고 배는 고프고 터벅터벅 걸었다.

학교로 되돌아가는 길에 들판의 빨갛게 이글거리는 멍석딸기, 에덴동산의 선악과나무처럼 친구를 유혹했다. 가던 길을 멈추었다. 멍석딸기를 따 먹으려고 허리를 굽혔다. 순간 힘이 없었던지 발이 미끄러져 돌과 함께 굴러 숨이 끊어지는 사고를 당한 것이었다.

친구가 떠나고 난 후 그의 아버지는 술을 끊었다. 친구 집의 아픔은 끝이 나고 평화가 왔다. 어머니는 식사 때마다 쌀밥을 지어 한 그릇 듬뿍 담아 옆에 두고 밥을 먹곤 했다. 가슴에 묻은 아들에 대한 슬픔을 쌀밥 한 그릇으로 달랬다.

그가 떠난 지 60년 세월이 흘렀다. 요즘 매스미디어 시대. 몸에 좋다는 음식과 다이어트, 먹거리에 관한 이야기로 넘쳐난다. 질리도록 먹었던 보리밥은 힐링 음식이 되고 쌀밥은 어디서든 먹을 수 있는 음식이 되었다. 나는 할머니가 되었어도 고단했던 시절의 기억을 잊지 못한다. 음식을 먹다 남아도 쉽게 버리지 못한다. 늘 먹을 때면 친구가 생각나고 그 어머니가 눈물로 차리는 쌀밥 한 그릇이 가슴 언저리에 채색되어 일렁인다.

산기슭에 흐드러지게 핀 들꽃들이 석양으로 숨넘어가고 있다. 입이 터지듯 깔깔 웃으며 골목길을 누비던 열한 살 친구, 멍석딸기의 기억도 노을 속으로 젖고 있다.

새벽에 서다

새벽 4시. 거실 커튼 사이로 희부연 빛이 밀려오고 있다. 이불에서 빠져나와 기지개를 켜며 몸을 쓰다듬는다. 창문을 열었더니 신선한 공기가 말초신경을 자극한다. 상쾌한 기운이 핏줄에 스며들며 팔과 다리에 흐른다.

마당에 서서 마주한 새벽하늘은 조각달과 별들로 반짝인다. 자연의 축복이다. 이런 풍경은 게으른 사람에게 허용되지 않는다. 별빛이 내리는 마을은 깊은 잠에 빠져 있다. 어둠 속에서 깃을 털며 깨어나는 새벽에 바람도 침묵하고 오름도 숨을 죽인다. 검푸른 빛으로 채색된 공간이 양파껍질처럼 한 겹씩 벗겨나간다. 이슬을 머금은 감나무 열매가 선잠에서 깬 듯 매달려 있다. 세상이 고요하다.

하루의 출발선에 선을 긋고 총총한 별과 달을 향해 손을 모은다. 새벽별 하나하나에 사랑스런 가족의 이름을 붙여본다. 모두 영롱하게 빛이 난다.

바닷바람에 밀려온 여명이 기다리는 일출을 물들이고 있다. 뒷집 수탉도 홰를 치며 우렁차게 목청을 돋운다. 그 호기 어린 소리는 새벽을 깨우는 서곡이다. 멀리서 울창한 삼나무 숲 사이로 뻐꾹새 소리도 들린다. 탁란조인 어미의 애끓는 소리. 언제 들어도 맑고 정겹다.

방으로 들어와 전깃불을 켜고 책상에 앉으니, 문득 새벽에 소리 없이 움직이던 어머니의 그림자가 지나간다. 어머니는 새벽 4시가 되면 어김없이 고단한 몸을 털고 일어나셨다. 말쑥한 옷차림을 하고 부엌 부뚜막에 촛불을 켠 후 정한수 한 사발을 조왕신께 올리곤 했다. 자식들의 건강과 액운을 막아주길 바라며 손을 모아 세 번씩 절을 했다. 부뚜막은 어머니의 제단이고 희망의 계단이었다. 그곳에서 어머니는 기도로 새벽을 열었다.

다이어리를 펴고 오늘의 일과를 적는다. 불현듯 얼마 전에 읽은 신민경 작가의 『새벽 4시, 살고 싶은 시간』이 뇌리를 흔든다. 그녀는 3개월의 시한부 말기암 환자였다. 삶의 끝자락에서 써 내려간 한 글자 한 글자를 눈에 담았다. 작가는 자신을 사랑하는 방법을 책에서 많이 읽었다고 했다. 그렇지만 자신을 사랑하는 게 무엇인지, 어떻게 사랑해야 하는지를 몰랐다고 한다. 불현듯 곁에 와 있는 죽음을 깨닫고서 여태껏 자신을 돌보지 않은 시간을 후회한다며 자신을 사랑하라고 다독인다.

어쩌면 나도 마찬가지였는지 모르겠다. 아등바등 쉼표 없이 달려왔다. 가족에 갇히고 일에 갇히고 체면에 갇혀 괴로웠던 나날들. 돌아다보면 아픈 상처들만 등 뒤에 남아 있다.

김장 재료를 사기 위해 새벽시장에 다녀온 적이 있다. 어둠이 채 가시지 않았는데 시장은 시끌벅적했다. 분주히 움직이는 상인들, 손님들의 흥정하는 소리가 새벽을 깨우고 있었다. 새벽 공기는 그들이 뿜어낸 삶의 에너지로 가득했다.

장을 보고 돌아오는 발걸음에 땀이 났다. 누구에게나 24시간 주어진 하루. 오늘도 어제 같고 내일도 오늘 같다면 새벽은 영영 나를 찾지 않을지도 모른다. 붙잡을 수 없는 시간. 오감도 퇴색하고 감성도 녹슬어 가고 있다.

이제는 내 인생의 길에서 멀리 와 있지만 소나무처럼 푸르게 서보고 싶다. 내면의 나에게 귀를 기울이며 살아온 테두리에서 벗어나 넘치도록 나를 사랑해보고자 한다. 심신이 지치면 쉬엄쉬엄 걷고, 마당의 꽃과 식물들과 이야기를 나누며 가겠다.

이 새벽에 나의 글방으로 발걸음을 옮겨본다. 고전을 배우고 시와 고흐의 편지를 읽으며 '나답게 사랑했는가?' 나 자신에게 물어본다. 누군가 "글을 쓰는 사람은 작가의 길로 살아가야 한다."고 했다. 그 길이 어떤 길인지 나는 잘 모른다. 그러나 가보지 못한 고난의 길일지라도 남이 대신할 수 없기에 피하며 가고 싶지는 않다. 오롯이 남은 인생의 선물로 받아들이며 책을 읽고 글을 쓰며 나를 사랑하고자 한다.

어둠의 벽이 허물어지며 동녘이 밝아온다. 마당의 나무 윤곽도 또렷해진다. 새벽 4시, 내가 가야 할 길이 움트며 잠들었던 영혼을 일으켜 세운다.

3부

비 오는 날 그 꽃

이 가을 토란에 젖는다

광나무 위로 가을이 살포시 내려앉았다. 아침저녁으로 계절의 시계는 재채기를 내뱉으며 소리 없이 걸어가고 있다. 하늘빛이 시리게 짙푸르다. 가을 하늘이 이처럼 파란색이었을까. 흰색 물감을 떨어뜨려 퍼트린 듯한 새털구름, 수채화를 그린 것처럼 근사하다.

가을 햇살은 나를 수런수런 분주하게 한다. 텃밭의 열매들을 걷는 손길이 바쁘다. 고구마도 캐야 하고 호박과 가지, 고춧잎, 토란대도 말려야 한다. 가을걷이는 어머니에 대한 그리움을 불러온다. 가을이 오면 어머니는 햇빛 좋은 날에 호박과 가지와 고춧잎, 토란대를 말렸다. 호박은 껍질을 벗겨 얇게 썰고 가지는 어슷하게 썰어 채반에 널었다. 고춧잎은 살짝 삶고 토란대는 껍질을 벗겨 햇볕 속으로 밀어 넣었다. 그렇게 어머니는 겨울 곳간을 풍요롭게 채웠다.

내 안으로 불쑥 찬 기운이 들어선다. 날빛에 가만히 눈을 던져본다. 마른풀 가득한 텃밭 구석에 하늘을 향한 연잎같이 넓은 토란잎이 보인다. 미세먼지 흩뿌려진 잎에 궁글어 빚어낸 이슬이 맑고 눈부셔서 누구도 소유할 수 없는 무욕의 덩어리다. 토란잎이 간질간질 흔들어대면 흔적도 없이 자취가 사라진다. 어느 시인이 읊은 것처럼 "물방울을 털어내기 전에 그 마음을 사랑이라 부르면 안 되는가." 천진난만한 사랑이 따로 없다.

이른 봄 텃밭 한구석 자리에 심은 토란은 이슬방울만으로도 내게 충분한 환희다. 고요한 마음으로 사물을 보고 있으면 하나하나가 신비를 품고 있는 것 같다. 마처럼 부드러우면서도 미끈거리고 끈적한 뮤신 점액질을 품은 토란.

지금은 호불호가 엇갈린 별미 재료가 되어버렸지만, 예전에는 맛과 영양이 좋은 천상의 음식이라며 극찬을 아끼지 않았다. 조선 시대 한양 근교에 대규모 토란밭이 있을 정도로 오래된 식재료였다. 당송팔대가唐宋八大家 소동파는 "향기는 용연龍涎 같은데 맛은 우유와 닮았고……, 함부로 동파의 옥삼갱과 비교하지 마라."라는 시를 쓰고 너스레를 떨었다고 하니, 소동파 집안에서 끓였다는 옥삼갱의 토란국, 얼마나 맛이 있고 좋아했으면 그랬을까.

햇살은 한여름보다 따갑고 그늘에 있으면 까슬까슬하도록 서늘한 날, 마당에서 껍질 벗긴 토란대를 보노라면 어머니의 삶이 느껴진다. 마당에서 햇빛 냄새와 바람 냄새를 흠뻑 들이키며 꼬들꼬들 말라가는 것들을 보면 마음이 평온해진다. 어머니가 좋아하셨던 토란대. 마당의 풍경을 손자 보듯 앞으로 보고, 옆으로 보고, 뒤돌아보고 그러다가 다시 훔쳐본다.

토란이 손맛으로 내게 온다. 어머니는 능숙한 솜씨로 물에 삶아 아린 맛을 우려낸 토란대에 들깻가루를 넣고 볶아 나물을 만들었다. 들깻가루 향이 어우러진 맛이 최고의 맛이라고나 할까. 들깨 향으로 버무려진 아릿한 맛은 나를 부엌에 붙잡아놓곤 한다.

'땅에서 나는 알처럼 생겼다'는 토란. 요리를 하려면 다루기가 쉽지 않다. 토란은 세상의 이치처럼 만만치 않은 식재료다. 생토란은 뿌리식물로 독을 가지고 있다. 잘못 다루면 피부가 화끈거리고 가려워서 밤잠을 설칠 수도 있다. 껍질을 벗길 때는 쌀뜨물에 담갔다가 소금이나 베이킹소다를 묻히거나 장갑을 끼고 만져야 가려운 증상을 막을 수 있다.

토란대를 넣고 끓인 탕의 맛은 어떠한가. 육개장에 빠질 수 없는 토란대. 여러 가지 채소와 고기를 넣고 푹 끓이면 그 맛의 식감은 대비되었다. 아리고 떫은맛은 인생의 맛이었다. 그 심오한 맛은 어머니의 서럽고 힘겹게 살아오신 그 맛과 비교할 수 있을까. 어머니의 주름진 맛이 밀물져 온다.

세시 음식으로 추석 차례상에 반드시 올렸던 토란국. 다시마 육수에 무와 쇠고기와 삶은 토란을 넣고 간장으로 간을 해 끓인 국은 담백하면서도 깊은 맛이 있다. 나는 처음에는 미끌미끌 넘어가는 토란 특유의 감촉이 좋아 젓가락질을 해보았다. 그렇지만 입에 들어가면 그저 그렇고 해서 멀리하곤 했다. 나이가 들다 보니 입맛에도 미묘하게 뒤섞인 감정을 껴안게 된다. 이젠 입맛도 바뀌고 토란 맛에 이끌린다. 익힌 토란의 텁텁하고 밋밋한 맛이 엔돌핀으로 다가와 토란 요리를 하게 된다.

토란 몇 뿌리를 캐서 저녁 밥상에 토란 조림을 올려본다. 뚝딱뚝딱 도마 위의 칼질 소리, 피아노 건반 두드리듯 손이 빨라진다. 토란을 한 입 크기로 썰고 냄비에 넣는다. 모락모락 김이 오르며 맛있는 냄새가 올라오면 꽈리고추와 통마늘을 곁들여 간장, 설탕을 넣고 졸인다. 하루의 힘들었던 생각은 열기 속으로 사라지고 완성된 음식을 접시에 놓으며 흐뭇한 마음으로 바라본다.

'어찌 이렇게도 먹음직스러울까, 내가 오늘의 셰프?'

미소를 지으며 혼자 생각에 젖는다.

음식은 관심과 정성이다. 그게 가족 사랑이 아니던가. 자박한 국물과 함께 떠 먹으니 깊은 감칠맛이 난다. 이 가을, 나는 토란에 젖는다.

당신을 따르리

장맛비가 축축하게 내리는 날이다. 남편이 술 한잔 마시고 싶다고 한다. 이런 날은 입안에 고소한 기름기가 배는 쫀득한 감자전이 안성맞춤이다.

손이 바빠진다. 냉장고에서 감자 두어 개와 애호박, 풋고추를 꺼내 온다. 감자칼로 감자 껍질을 벗기다 보니 낡은 놋숟가락으로 감자를 긁던 어린 시절이 스쳐 지나간다. 감자 위로 숟가락이 지나가며 서걱거리던 그 소리. 달밤의 풀벌레 소리처럼 애틋하다.

부엌에서 커다란 알루미늄 양푼에 가득한 감자를 깎는 일은 내 몫이었다. 감자 껍질을 긁으면 갯바위에 부딪히는 포말처럼 손등과 얼굴에 하얀 분말이 튀어 올랐다. 그럴 때면 감자가 여름 향기를 풍기며 나를 보고 웃는 듯했다.

감자를 강판에 간다. 하얀 속살의 녹말 즙이 뭉개지며 그릇 바닥으로 흘러내린다. 감자를 보면서 내 삶을 들여다본다. 책과 시詩밖에 모르는 철없는 남편을 콩깍지에 씌어 만나 살면서 힘들었던 때가 있었다.

나는 땅속에서 숨어 자라는 외로운 감자였는지도 모르겠다. 가난의 꼬리표를 떼려고 한 달 월급을 여섯 개의 항목별로 나누어 봉투에 담고 살았던 시절이 있었다. 부부가 꼬박꼬박 월급을 받는데도 홀로 된 시어머니와 친정어머니까지 도움을 주기에는 역부족이었다. 한 푼 두 푼 아껴가며 살아도 연말이면 세 집의 사글세를 감당하기가 어려웠다. 전셋집에라도 살아보려면 딸의 구멍 난 속옷까지 꿰매 입혀야만 했다. 왜 그리 시간은 빨리 가는지 세월을 나무에 붙들어 매고 싶었다. 그렇지만 어두운 땅에 박힌 채 꽃을 피우는 감자를 보면 힘이 났다. 그것은 생동감 넘치는 삶의 드라마였다.

그릇에 감자즙이 쌓여간다. 남편이 등 뒤에서 손부채질하며 토닥인다. 하얀 감자즙을 보며 밥상에 둘러앉아 감자만 골라 먹던 감자밥과 소금에 찍어 먹던 포슬포슬한 찐 감자 이야기를 나눈다. 그 아련한 기억의 맛이 그리워진다.

생각해보면 감자만큼 친숙하고 가까운 음식이 또 어디 있으랴. 우리네 식탁 위에 흔히 볼 수 있는 감자의 운명도 기구하다. 감자는 울퉁불퉁하게 못생겼다고, 가난하고 미개한 사람들이 먹거나 악마가 먹는 음식이라고 누명까지 썼다.

첨예한 갈등이나 대립하는 쟁점마다 왜 '뜨거운 감자'라고 부르는가. 감자가 무엇을 어떻게 했다고. 감자는 억울하다. 이랑에서 감자를 캘 때면 줄줄이 엮어 나오듯 우리 주변 곳곳은 해결법을 찾지 못한 뜨거운 감자가 천지이다. 아직도 역병으로 감자가 말라 죽고, 사람도 배곯아 굶어 죽어 나간 아일랜드 대기근의 아픈 사건도 모두 씻기지 않았다.

그렇지만 지금은 어떤 먹거리 못지않게 값싸면서도 몸에 좋은 것으로 사람들로부터 많은 사랑을 받고 있다. 감자는 척박한 땅에서도 잘 자란다. 얼마나 생명력이 뛰어나면 화성의 인류 생존기를 다룬 영화 〈마션〉에서도 감자 재배 성공 장면이 등장했겠는가.

길어진 이야기에 남편이 냉장고를 열고 막걸리를 꺼내며 재촉한다. 선반 아래 칼과 도마를 꺼내 풋고추는 송송 썰고 애호박은 채썰기를 하고, 가라앉은 감자즙에 부침가루를 넣고 반죽한다. 달구어진 팬에 기름을 두르고 반죽 한 국자를 떠 얇게 편다. 노릇노릇 앞뒤로 지지며 홍고추를 고명으로 두 쪽 얹으니 촉촉한 마음에 윤기가 흐른다.

감자전 한 조각을 입에 넣는다. 바삭거리는 촉감과 찰진 맛이 혀끝에 달라붙는다. 남편도 입꼬리가 올라가며 배시시 웃더니 맛있다고 거든다. 막걸리 두어 잔을 걸치고 나니 남편의 얼굴에 홍조가 띈다. 희끗희끗한 머리카락 쓸어 넘기며 내 손을 힘주어 잡으며 떨리듯 말문을 연다.

“남은 인생 선물이라 생각하자, 이젠 당신의 뜻대로 따르리라.”

느닷없이 그 말을 들으니 먹먹하다. 눈가에 맺힌 눈물방울 속으로 외롭고 고단했던 시간이 도미노처럼 무너진다. 대답은 하지 못했지만 나도 존경과 사랑으로 감자꽃의 꽃말처럼 ‘당신을 따르겠습니다.’라는 말을 수줍은 새색시처럼 마음속으로 되뇌어본다.

거실에는 우리 마음을 알기라도 하듯 TV에서 최성수의 〈동행〉이 흐르고 있다. 남편의 말 한마디에 지난 서러운 일들이 감자전 속으로 스며들며 녹아내린다. 아직도 밖에는 비가 내리고 있다. 빗물에 고개를 숙인 텃밭에 핀 흰색, 보라색 감자꽃이 정겹고 소박하다. 감자꽃 노래를 흥얼거려본다.

> 자주 꽃 핀 건 자주 감자, 파 보나 마나 자주 감자
> 하얀 꽃 핀 건 하얀 감자, 파 보나 마나 하얀 감자

비바람에 하늘하늘 춤을 추며 노래하는 감자꽃의 달콤한 고백을 듣는다.

'당신을 따르리.'

수타면 한 그릇

짜장면을 싫어하는 사람도 있을까. 나이와 시공을 넘나드는 매력적인 블랙푸드다. 예나 지금이나 즐겨 찾는 음식으로 입가에 짜장을 묻혀가며 볼 터지게 먹었던 음식이 짜장면이 아니던가. 쓱 비벼서 한입 가득 집어넣으면 그만이다. 여러 가지 밑반찬도 그리 필요치 않다. 노란 단무지와 양파 몇 조각 그리고 식초와 춘장 한 숟갈이면 족하다. 언뜻 보기에는 별맛 없어 보이지만 막상 입에 넣으면 혀끝에 착착 달라붙는다. 손맛의 깊이가 묻어나는 맛이다.

모 방송 프로그램에서 수타 짜장면 달인으로 등극된 식당에 인파가 흘러넘친다. 짜장면을 젓가락에 감아 구수한 사투리로 깔깔대며 폭풍 흡입하는 얼굴은 기쁨으로 넘쳐난다. 주방은 타오르는 불꽃 열기로 데워지고 달군 팬을 다루는 손놀림이 유연하다. 감각으로 짜장 맛을 빨아들이며 화면 속의 그 풍경에 젖는다.

수타 달인이 오롯이 수타실에 섰다. 조리모를 머리에 쓰고 흰 앞치마를 두른 풍채가 기세등등하다. 팔뚝 핏줄이 일어선다. 탁, 타닥 탁. 달인이 수타실에서 손끝으로 변주을 울리는 모노드라마가 시작된다.

물과 소금이 바람 드나들듯 밀가루에 스며든다. 밀고 당기고 엉키며 인연의 고리를 만들어간다. 자신만의 색깔로 살았던 삶의 흔적이 뭉개지며 하나의 결을 만들어간다. 떨어질 수 없는 끈끈함과 찰기로 뭉쳐 하나가 된 반죽으로 새로 태어난다. 엉겨 붙기 위해 타협하며 소란스럽던 모난 마음마저 사라진다. 숙성을 거친 반죽이 촉촉하고 말랑말랑하다.

보드라운 반죽이 햇살처럼 내게로 스며든다. 뻣뻣하고 고집 피우던 젊은 시절의 삶이 밀물 되어 온다. 나만의 계산법으로 계산기를 두드리고 이기심에 젖어 살지는 않았는지. 건조한 일상 속의 내게 닥쳤던 어려움과 고통으로 닫았던 틀도 깨고 내려놓아야 생각의 품도 넓어짐을 깨닫는다. 좀처럼 수그러들지 않던 오기의 매듭도 풀고 나면 치열하게 치댄 나의 삶도 부드러워지리라.

달인이 양팔 벌려 반죽 근육을 쭉쭉 늘리며 길게 잡아당긴다. 늘어난 반죽의 양끝을 잡고 바닥에 내리치며 어름사니 같은 춤사위가 펼쳐진다. 짓눌리고 패대기를 당해도 담담하다. 굴곡진 삶을 끌어안은 힘찬 숨소리, 이마에 흘린 땀방울은 끊어질 수 없는 단단한 근육으로 매력을 발산한다.

"고생 끝에 수타면이 왔다."고 내뱉는 음성 속에 달인의 고단했던 그림자가 드리워진다. 그는 십 대에 책가방 대신 철가방을 들었다고 한다. 철가방은 그의 밥줄이고 삶이었다. 힘들어도 내색할 수도 투정을 부릴 수도 없이 혼자 참아내야 했다. 땀을 비 오듯 흘려도, 힘들어 녹초가 되어도 편히 쉴 수가 없었다. 매서운 눈보라가 몰아칠 때는 빨리 배달하려고 해도 발걸음이 뒷걸음칠 뿐이었다.

"중식당의 막내 생활도 힘들었다."고 했다. 주방의 자질구레한 일은 언제나 그의 몫이었다. 잔소리와 불호령으로 터지는 눈물을 화장실에서 삭히며 참아내야 했다. 주방장 앞에만 서면 떨리고 작아졌다. 그렇지만 머릿속에서 자신만의 수타면을 만들며 스스로 다독였다. 주방장 보조가 되던 그날은 가슴이 뛰었다. 인동덩굴처럼 꽃피울 부푼 기대로 그는 주먹을 불끈 쥐었다. 어떤 고통도 참고 견디며 열정을 불태웠다.

수백 번의 시행착오 끝에 익힌 수타면이 춤을 춘다. 밀가루 긴 반죽을 양팔에 걸친 다음 공중에서 휘날리다가 바닥으로 툭 떨어뜨린다. 반으로 접으니 꽈배기 모양이다. 다시 고난도 기술로 늘려 돌리며 잡아당기고 맷집을 가한다. 넘겼다 접었다 반복하더니 산술 제곱의 가닥으로 더해지며 실타래 같은 면발이 뽑아진다. 국수처럼 가늘다. 내공은 세월만 덧쌓인다고 저절로 얻어지는 것이 아니었다. 노련한 수타 고수가 닳아버린 지문에서 꽃을 피운다. 땀과 눈물과 인내로 쌓아 올린 결실이다.

세상사의 크고 작은 일은 언제나 있다. 겨울이 지나도 달인의 봄은 오지 않고 계절은 여전히 겨울이었다. 어두운 부엌에서 졸린 눈을 비비며 칼을 들었다. 견고한 바위가 몰아치는 태풍에도 움직이지 않듯 월계관의 여정에는 인내와 부지런한 시간만이 존재할 뿐이다. 오로지 수타 짝사랑에 빠진 여정이었기에 최고가 될 수 있었다.

흰 백지 앞에 앉으니 내게 깨달음으로 다가온다. 글쓰기와 연을 맺고 각고의 노력을 하고 있는지 자문해본다. 달인처럼 그런 경지가 내게도 올 수 있을까. 어느 책에서 읽은 글귀가 생각난다.

알베르트 슈바이처가 바흐에게 물었다.

"어떻게 자신의 예술을 그렇게 완벽하게 할 수 있습니까?"

바흐가 대답했다.

"나는 일을 열심히 합니다. 누구나 열심히 하면 그렇게 할 수 있습니다."

저녁놀이 숨넘어가듯 시력도 뼈마디에도 바람 소리가 들리고 있다. 그렇지만 책을 읽고 글을 쓰며 살 수 있음이 큰 축복임을 스스로 위로하며 책상에 앉는다. 책을 펼치며 즐거움으로 술렁이다 보면 글의 씨앗이 내게 파고들어 오지 않을까. 나의 한 편의 글이, 한 줄의 문장이 누군가의 가슴에 은은한 향기로 피어났으면 좋겠다. 읽던 책을 다시 덮고 쓰던 글을 들여다본다.

포말처럼 부딪히며 펄펄 끓는 물에 면을 삶는다. 작은 차이를 찾아가는 고수의 면 삶기는 달랐다. 시간에 맞추어 삶아낸 면발은 쫄깃쫄깃하고 탱탱하다. 양파에 맛깔스런 맛과 향이 배게 훈연한 여러 가지 양념 재료와 춘장을 넣고 달달 볶는다. 소스 위로 달인의 미소가 번진다. 순백의 여정으로 달려온 수타면이 오감의 맛으로 깨어난다. 수타면에 소스를 얹어 자신만의 맛을 가진 수타 짜장 한 그릇을 식탁 위에 내놓는다. 수타면 한 그릇 속에 달인의 인생이 녹아 나온다. 흔들어 깨우는 웃음 띤 달인의 얼굴이 눈부시다.

고독 속에 꽃은 피고

아들이 대학 진학을 위해 서울로 갔다. 집 안이 텅 빈 듯 허전했다. 뒷바라지 할 때는 신이 났었는데, 그 일이 끝나고 나니 김빠진 콜라처럼 밍밍했다. 빈집 증후군이 나에게 넘실거리면서 갱년기가 다시 오는 듯했다. 여기저기 온몸이 쑤시고 만사가 귀찮았다. TV에서 흘러나오는 춤도 노래도 드라마도 재미가 없었다.

오직 학생들을 가르칠 때만이 살아 있는 듯했다. 그러다 보니 수업이 끝나는 시간이 두렵기도 했다. 집에 오면 아무것도 하기 싫었다. 방안에 먼지가 끼어 있어도, 화초가 말라 죽어도 관심이 없고 누워 있고만 싶었다. 남편이 건네주는 위로의 말도 별 도움이 되지 못했다. 가슴 시릴 정도로 '혼자'라는 외로움이 덮쳐 왔다.

어느 날 퇴근길. 동네 복지관에서 부식 배달 자원봉사자를 모집한다는 홍보물을 보게 되었다. 매사에 의욕을 잃고 있던 내가 이상하게 그 일에 마음이 쏠렸다. 나는 자원봉사 일이 마음을 추스르는 데 도움이 될 수 있지 않을까, 얼른 신청했다. 신청자가 무려 50여 명을 넘었다. 남을 도우려는 사람이 그렇게 많다니, 놀라웠다. 살 만한 세상이라는 생각이 들었다.

봉사 일은 시내 기초 생활 수급 가정 학생들에게 한 달에 두 번 부식을 배달하는 일이었다. 배달 시 지켜야 할 기본 교육까지 받았다. 내가 맡은 일은 6층 건물 임대아파트에 거주하는 네 개 동의 쉰두 명 학생들에게 반찬을 가져다주는 일이었다.

며칠 후 봉사를 시작하게 되었다. 봉사자들이 배급 장소에 모여 모두가 바쁘게 움직인다. 부식을 넣은 봉지를 차에 가득 싣고 배달 장소로 이동한다. 서울로 간 내 아들을 만나러 가는 기분이라고 할까? 음식을 받고 좋아할 아이들 생각에 발걸음이 가볍다. 양팔에 봉지를 들고 이 동과 저 동 옮겨 다니면서 계단을 오르내리는 일이 힘들다. 힘들다고 멈출 수 없다. 계단에서 필요 없는 칸이 있을까? 되돌아보니 계단은 나의 인생과 같은 것으로 내게 필요한 시간이었다. 얼굴은 달아오르고 흘러내린 땀으로 옷은 흠뻑 젖어 등에 달라붙는다.

첫 배달은 5층 상철이네 집이었다. 현관 초인종을 누르면서 나는 힘찬 목소리로 말한다.

"안녕하세요? 부식 배달 왔습니다."

"할머니, 부식 왔어."

아이들과 놀던 상철이가 할머니를 큰 소리로 부른다. 상철이 할머니는 문을 열고 나오더니 두 손을 모으면서 인사를 한다.

"정말 고맙습니다. 잘 먹겠습니다."

할머니는 부식을 받아놓고 손자들의 손을 잡아끈다. 머리를 숙이고 고마운 인사를 하도록 한다. 할머니는 작은 체구에 늘어진 옷 위로 여윈 쇄골이 드러나 있다. 단정하게 가르마를 탄 머리에 조용히 미소 짓는 모습이 고운 분이시다. 집안 살림살이는 많지 않았지만 깔끔하다. 부모 없이 아홉 살, 열두 살인 두 손자를 바르게 키우시려는 모습이 보여 안심이 된다. 아래층 학생 집에 배달을 끝내고 옆 동의 성현이네 집으로 발걸음을 옮긴다.

성현이 엄마는 아파트 앞마당에 이웃들과 둘러앉아 도토리 깍정이를 벗기면서 시끌벅적 이야기를 나누고 있었다. 성현이 엄마가 반가이 맞는다. 부식 봉지를 옆에 놓고 가라는 성현이 엄마에게 “수고하세요.” 하고 나서 다른 곳으로 또 이동한다.

어떤 집은 2주 전에 배달된 부식이 현관에 그대로 있는 곳도 있다. 이런 집은 ‘부식 배달 사절’ 글이라도 써서 붙이면 얼마나 좋을까. 더 이상 수고하지 않아도 되고, 더 필요한 사람에게 도움을 줄 수도 있을 텐데. 호구 조사를 제대로 못 한 탓이리라. 복지 정책의 허점이라는 생각이 든다.

마지막으로 배달할 곳은 다른 동의 6층에 살고 있는 기은이네였다. 초인종을 누르자 기은이 엄마가 문을 연다. 그녀는 부식 봉지를 현관 안으로 들여놓고 얼굴의 땀을 닦는 나를 보며 혀가 꼬부라진 채 말을 한다. 머리도 헝클어지고 술기운이 남은 붉은 얼굴이다.

“아이구, 수고하시네요. 이렇게 가따아~아주시니깐 얼마나 감사한지 모르으~겠어요.”

깡마르고 가냘픈 몸이 금방 넘어질 듯 휘청거리더니 방바닥에 쿵 하며 주저앉는다.

깜짝 놀란 기은이가 달려온다. 엄마를 잡으며 나를 멀뚱하게 올려다본다. 난감한 모습이다. 속이 상한 얼굴로 엄마를 일으켜 세운다.

"엄마, 엄마, 왜 이래?"

기은이는 엄마를 일으켜 세우고서는 방 한쪽으로 가서 말없이 어깨를 들썩인다. 나는 아무 말도 할 수 없다. 기은 엄마는 냉장고 쪽으로 비틀거리며 발을 옮기더니 식혜를 꺼내 컵에 따르며 나에게 권한다.

"식혜 한 잔 드세요. 제가 만든 것이에요."

"수제 식혜네요. 잘 먹겠습니다."

왜 대낮부터 술의 힘으로 살아가고 있을까? 사춘기인 기은이가 안쓰럽고 딱해 보인다. 먼지가 뿌옇게 덮인 마루, 흐트러진 옷들. 살림살이도 변변치 못하다. 어째서 인생이란 계단을 웃으며 오르지 못하고 있는 것인가. 복도의 돌보지 않는 작은 화분의 꽃도 시들어가고 있다.

부식 배달을 마치고 집으로 돌아오는 내내 기은 엄마의 모습이 내 마음을 흔든다. 알코올에 갇혀버린 삶. 가난과 외로움을 이겨내지 못해 몸부림치고 있는 것은 아닐까?

문득 칼릴 지브란의 시 구절이 떠오른다.

삶은

고독의 대양 위에 떠 있는

섬

고독 속에 꽃이 피고

삶은 섬이네.

어쩌면 기은 엄마의 섬은 나의 섬보다 더 크고 황량한 것인지도 모르겠다. 지금 내가 해줄 수 있는 일이 별로 없다는 사실에 속이 상할 뿐이다.

몇 개월 동안 봉사 활동을 하다 보니 나도 모르는 사이에 우울함에서 조금씩 벗어나고 있었다. 나만 혼자 힘들고 외로운 줄 알았는데 그게 아니었다. 많은 사람이 외로워하고 힘들게 살고 있었다. 조그마한 힘든 일에도 짜증내고 불평을 늘어놓던 때가 부끄러웠다. 공허한 마음을 달래기 위해 시작한 봉사 활동. 이웃과 더불어 살아가는 것이 소중하고 행복한 일인가를 늦게나마 깨달았다.

훈훈한 바람과 봄 햇빛이 따사로운 오후. 나의 수고와 손길이 행복의 물줄기가 되었으면 좋겠다. 고독에서 꽃이 피기를 바라면서.

마지막 한마디

거친 숨을 몰아쉬는 바람의 울음소리가 차갑다. 하늘에는 무리에서 처진 구름 한 조각이 제 몸을 풀어내며 뒤를 따른다. 푸른 바람을 메고 있던 나무의 그림자도 숨을 내려놓는다. 어둠은 사방에 깔리고 하늘에 하얀 섬광이 번쩍인다. 태풍이 인접했는지 바람이 예사롭지 않다. TV에서는 그 위력이 커 피해가 클 것이라는 예고가 계속 보도되고 있다. 항구에 정박한 선박을 밧줄로 묶는 어민들의 모습에서 긴장감이 흐른다.

태풍 '힌남노'가 발정 난 짐승처럼 눈에 불을 켜고 뜨거운 숨을 내뿜는다. 우르르 쾅쾅, 천둥소리가 고막을 뚫는다. 창문이 지축을 흔들듯 덜컹거린다. 비바람은 하늘의 구멍이 뻥 뚫린 듯 앞뒤를 분간할 수 없을 정도로 쏟아진다. 알 수 없는 두려움이 몰려오며 불을 켠 채 자리에 누워 이불을 뒤집어써도 무서움은 사라지지 않는다. 강풍의 덫에 걸린 생쥐처럼 옴짝달싹할 수 없다.

세찬 폭풍우가 새벽이 되면서 가늘어지고 잦아든다. 태풍이 다행스럽게 조용히 제 갈 길을 찾아 안도가 된다. 바람의 신이 다시 진노했는가. 느닷없이 태풍이 가던 길에서 아픈 상처를 핥으며 취객처럼 흔들거린다. 제주해협을 지나며 불쏘시개처럼 다시 살아나 거칠어진다. 남해안을 거쳐 경상도로 진입하더니 사정없이 할퀴고 후려친다. 성난 파도가 기암괴석에 부딪히며 방파제를 삼키고 건물 유리창이 깨지고 담장이 무너진다. 몇십 년 된 나무가 우지직 뽑혀버린다. 노아의 홍수처럼 집이 잠기고 도시가 아수라장이다.

신문에 실린 '지하 주차장 참사' 기사가 눈에 꽂힌다. 포항의 어느 아파트, 새벽에 자동차를 빨리 지상으로 빼라는 방송이 단지에 울린다. 엄마와 중학생 아들이 내려간 지하 주차장, 자동차를 찾아 밖으로 나오려는데 갑자기 빠른 속도로 불어난 엄청난 물의 양을 감당할 수 없다. 자동차가 수장水葬처럼 잠겨버린다. 자동차에 있던 엄마는 밖으로 나오려 했지만 수압으로 문을 열지 못한다. 아들이 젖 먹던 힘까지 쏟아내며 자동차 문을 열어 운전석의 엄마를 끌어낸다. 목까지 차오른 물길로 걸을 수가 없다. 속수무책이다. 떨어지지 않으려는 아들에게 밖으로 빨리 나가라고 엄마는 절규한다. 아들이 떨리는 목소리로 울부짖으며 외친다.

"엄마, 사랑해. 키워주셔서 감사합니다."

아들은 목소리만 남긴 채 사라지고 조용하다. 엄마는 천장 모서리 배관 위에 엎드려 버티며 기도만 한다. 다음 날 기력을 회복할 즈음에야 남편으로부터 믿기 어려운 말을 듣는다.

"마음을 단디 먹어야 우리 아이 마지막을 볼 수 있어."

이렇게 생이별할 줄 누가 알았으랴. 혼자 살아남은 엄마는 욥처럼 하늘을 원망하며 평생 가슴에 아들을 묻고 아파하며 살아가야 할 것이다. 가슴 한쪽이 저릿하다. 이런 희생은 누구의 잘못도 아니고 운이 나빠서라고 말할 수도 없다. 자연재해와 죽음은 인간의 영역이 아닐 뿐이다.

인생이 순항으로만 이어진다면 얼마나 좋을까. 언제나 맑고 고요한 날만 지속될 수는 없는 일. 살다 보면 뜻하지 않은 태풍을 만나 길을 잃고 헤맬 때가 있다. 태풍 속에 휘말릴 때는 감당하기 어려운 시련과 아픔으로 몸부림치기도 한다. 어쩌면 태풍은 반드시 만나고 겪어내야 할 숙명 같은 것인지도 모르겠다. 행복과 고통, 기쁨과 슬픔이 팽팽하게 줄다리기하는 것이 삶이 아니던가.

그렇다고 태풍이 불면 모든 것이 끝장나는 것도 아니다. 웃는 사람이라고 눈물 젖은 베개가 없었겠는가. 소용돌이치는 시련의 순간도 있었을 것이다. 강풍이 불어 닥쳐도 모두가 피해자가 되는 것도 아니다. 시간이 흐르면 모든 것은 지나간다. 그 순간은 괴롭고 힘들지만 자신을 돌아보고 삶을 새롭게 바꾸는 기회가 되기도 한다.

기억해보면 태풍 없이 지나간 해는 없었다. 앞으로도 크고 작은 태풍이 불어올 것이다. 인간과 떨어질 수 없는 자연, 그 흐름과 변화를 받아들여 서로 다독거리며 살아야 한다. 지나간 것에 고통 받고 다가오지 않을 것에 지레 겁먹고 행복을 놓고 살 필요는 없다. 온몸에 상처가 나서 찢기는 순간에도 높은 파도도 거친 바람도 이겨내야 한다. 누구에게나 가슴에 태풍이 있고 수평선 위로 달빛 드리운 바다가 있지 않은가. 나무도 나이테는 안으로 새긴다. 한숨 짓는 고통의 쓴잔과 슬픔도 혼자 들이마시며 견뎌내야 하리라.

이런 고통은 인간만 치르고 있을까. 구멍 나고 쪼개진 지구가 눈물 자국으로 주름지고 있다. 한파로 폭염으로 가뭄으로 지진으로 땅과 바다가 멍들고 갈라진다. 날씨조차 비틀거리는 이상 현상은 일상생활이 되고 있다.

자연이 왜 두려운 존재가 되었을까. 개발에 취해 파헤친 산과 오름이 지친 몸을 뒤튼다. 붕붕거리며 날던 꿀벌들은 어디로 사라졌는지 텃밭의 가지도 열리지 않는다. 내가 누리던 자연이 절룩거리며 아파하고 있다. 땀방울을 식혀주던 팽나무의 살랑바람을 부르며 돌아온 탕자처럼 고개를 떨구어본다.

태풍이 할퀴고 간 깊은 상처의 흔적을 털어내며 던져주는 메시지를 읽는다. 지칠 줄 모르고 쌓아 올리는 황금 만능의 바벨탑에 멍든 검은 빛이 드리워진다. 자연을 정복하겠다는 인간의 야욕으로 상처가 나서 흘린 눈물 자국이 깊다. 넘쳐나는 쓰레기 더미가 온몸을 쿡 찌른다.

태풍이 지나가고 나니 그 자리가 더 단단하다. 언제 그랬냐는 듯 하늘빛이 푸르다. 비바람이 짓밟고 지나간 대지가 따스해지며 마당의 풀잎이 훌훌 털고 일어난다. 돌담 한구석에 노란 민들레꽃 한 송이 피었다. 상추잎 일렁이는 텃밭에 물을 주며 그 푸른 속살에서 태풍에 쓸려간 아들의 마지막 한마디를 듣는다.

"엄마, 사랑해."

비 오는 날 그 꽃

아침부터 추적추적 비가 내려 마음이 축 가라앉는다. 베란다에 서서 유리창 너머 풍경에 젖는다. 초록을 꿈꾸는 나무와 꽃들의 실핏줄이 드러난다. 싱그럽다. 우산을 쓰고 마당에 서본다. 화단에 핀 수국, 봉숭아, 금계국, 달리아, 루드베키아가 사르르 떨고 있다. 꽃잎마다 사랑을 베풀 듯 추억이 흐른다. 마당이 빨강, 노랑, 보라, 온갖 색으로 꽃불 잔치다.

달리아에 눈을 맞춘다. 구슬 같은 꽃망울이 어쩌자고 이토록 이쁘게 피었는가. 나폴레옹 첫 왕후 조세핀이 사랑했던 꽃, 그녀에게 어울릴 만한 화려함이라고나 할까.

끈질긴 생명력과 번식력 때문에 버림받은 달리아 뿌리. 쓰레기 더미에 버려진 그것을 주워 손에 담고 바라보았다. 애처로운 것. 뿌리의 살아 있는 숨결이 내 심장을 건드리며 파문을 일으켰다. 그냥 둘 수가 없었다. 그것이 꽃을 피운다면 행복할 수 있을 것 같았다.

그렇게 그 꽃은 내게로 왔다. 말라비틀어진 고구마 같은 알뿌리 덩이를 거실 앞 화단에 심었다. 호미로 구덩이를 파서 퇴비를 주고 잘 커주기를 바라며 흙을 덮었다. 땅속에서 엎드려 있는 알뿌리에 자주 물을 주었더니 꿈틀거리며 깨어나기 시작했다. 알뿌리는 햇볕의 기운과 양분을 빨아들이며 땅 아래로 옆으로 뻗어나갔다. 살아내기 위해 몸부림 치며 동트는 곳을 향해 유감없이 스스로 위로하며 나아갔다.

대지의 자궁에서 싹을 틔웠다. 한 곳에만 붙어 있어야 하는 뿌리의 숙명을 거슬러 위로 싹을 틔워 올린 알뿌리. 역경을 이겨내고 살아 움직이는 경이로운 과정은 영화 〈쇼생크 탈출〉의 명대사를 읽게 했다.

"두려움은 당신을 포로로 묶어놓지만 희망은 당신을 자유롭게 한다."

꽃봉오리가 더듬던 빗물을 뒤로하며 입술을 드러낸다. 반쯤 핀 꽃이 또렷하고 예쁘다. 어쩌면 절정보다 더 아름다운 건 절정으로 치닫는 과정인지도 모른다. 굳게 닫힌 마음의 문도 아름다운 꽃 앞에서는 어쩔 수 없이 활짝 열리고 마는 감동적인 영상이 눈에 잡힐 것만 같다.

황홀한 순간이다. 꽃대가 올라오고 대궁이 굵어지며 푸른 잎이 자리를 넓히더니 꽃들이 피어났다. 붉은 꽃이 먼저 피었다. 붉은 꽃잎이 핏빛만큼이나 진하다. 꽃잎 하나하나 포개어진 한 송이 꽃이 풍만한 여인네 같다. 그 농염한 관능미에 꽃멀미가 난다.

고개 숙인 꽃망울을 내려다본다. 부끄럼인가, 사랑의 어깨가 무거운 것인가. 언제 활짝 피우게 될지 모르지만 애써 조심스럽게 내민 꽃잎은 고요하다. 꽃잎을 살포시 벌려 들여다보니 작은 빗방울이 가득하다. 손을 대니 물방울을 밀어내다 튕기며 구슬 구르듯 또르르 떨어진다.

비에 젖은 붉은 꽃잎은 더 붉고 이파리는 짙은 녹색으로 선명하다. 가는 빗줄기가 흰색, 분홍색 꽃봉오리를 흔들어 깨운다. 촉촉이 젖은 꽃잎에서 여린 숨소리가 들리는 듯하다. 고개를 흔들며 환한 미소를 담고 춤을 춘다. 살랑이며 춤을 추는 꽃잎을 보니 똬리를 틀고 있던 우울한 마음이 맑아진다.

작은 꽃봉오리가 초록 잎 사이에서 고개를 내밀고 인사를 한다. 이렇게 앙증맞고 귀여울 수가 있을까. 세상이 신기한지 눈을 깜빡이며 연신 방글거린다. 잎새에 커다란 빗방울이 떨어져도 즐겁기만 하다.

꽃은 내게 많은 것을 가르쳐준다. 시들어가는 꽃을 보며 절망과 희망을 알게 하고 꽃향기에서 사랑하는 마음을 갖게 한다. 또한 저 혼자 피고 지는 꽃에서 삶과 죽음을 읽는다. 꽃의 붉은 색채는 절대로 덧칠할 수 없는 색이고 제지할 수 없는 기세다. 열정으로 피운 일편단심의 에너지는 그 무엇과도 비교할 수 없는 꽃만의 연출이 아닐까. 그 에너지의 절반만이라도 빌려와 나를 괴롭히던 고통을 이겨내는 데 썼더라면 어땠을까.

기울어진 달리아 꽃가지가 보인다. 식물 지지대를 대고 옆 가지와 함께 끈으로 묶어주었더니 꼿꼿하게 일어선다. 제대로 보살피지 못한 잘못을 용서하듯 "괜찮아." 하며 웃어주는 마음이 고맙고 미안할 뿐이다. 달리아의 꽃말처럼 '당신의 사랑이 나를 행복하게 합니다.'라는 말이 화두로 밀려온다.

저지르는 잘못으로 후회는 많건만 깨달음은 짧고 더디다. 비가 멈추고 지나가는 햇살과 바람이 다독이며 지나간다.

비로소 여름이다.

담쟁이

별빛마저 스러지는 새벽 아침이 기지개를 켠다. 담쟁이가 햇살 한 줄기를 움켜쥐고 담벼락에 달라붙어 기어가더니 향나무 등에 오른다. 담쟁이 잎사귀가 나풀거리며 반짝인다. 뼈대 없는 줄기가 동아줄을 엮으며 몸 붙일 곳을 찾는다. 듬직한 향나무 둥치에 둥지를 틀고 뿌리를 내린다. 위태로운 존재로 살아온 담쟁이가 향나무를 만났으니 무척 설레고 울렁거리지 않았을까. 튀밥 터지듯 줄기 끝에 촉각을 곤두세우고 향기 나는 수액을 빨며 기어오르고 있다.

향나무가 살랑거리며 춤추는 담쟁이 잎들의 그윽한 눈빛에 진한 향기를 뿜어내며 흔들린다. 홀로 고독했던 담쟁이가 향나무를 사로잡았으니 걷던 길이 외롭지 않을 게다. 야멸차게 뿌리치지 못한 향나무는 어쩌면 이것도 인연인지라 생각하고 동거를 시작한다.

담쟁이 덩굴손이 푸른 잎을 토해내며 서두르지 않고 나아간다. 얼마나 더 오르면 희망의 문을 열 수 있을까. 멀고 먼 수행의 그 길, 달라붙어 향나무와 어우러져 위로 올라선다. 비바람이 불어 휘청거릴 때도 휘감고 있으면 무사하다. 살이 터지도록 기어오르며 살아온 담쟁이 잎들이 더욱 푸르다.

담쟁이는 비록 지조 없는 소인배처럼 기대어 살지만 설 자리를 안다. 그는 어디에 뿌리를 내리든 불평불만이 없다. 흙이 아닌 도시의 시멘트나 콘크리트 건물벽일지라도 원망하지 않고 초록으로 물들인다. 어둑어둑한 골목길의 담벼락 귀퉁이도 마다하지 않는다. 시골의 허름한 닭장 울타리도 벗 삼아 멋있게 뒤덮는다. 고택의 기와 담장도 수묵담채화로 고풍스럽게 채색한다. 때로는 새들이 와서 놀다 가기도 하고, 민달팽이가 스치고 지나가면 잎사귀를 들썩이며 키드득 웃는다. 허공에 거미줄을 치지 못한 새끼 거미들이 지나치기도 하였으나 절망하지 않고 식지 않는 생명력으로 위세 등등하게 넘어선다.

담쟁이 뿌리를 보며 담쟁이의 삶을 떠올려본다. 어찌할 수 없는 고비를 넘겨냈을 뿐이다. 내 뿌리가 어디에 있는지 생각하지 않고 푸른 잎을 키워낸다. 벽돌담에 달라붙어 뻗쳐오르는 담쟁이덩굴을 보며 희망은 뿌리 박고 넘어서는 일임을 알게 한다. 한때 내가 걷고자 한 곳을 찾아 서성거린 적이 있다. 작은 뿌리라도 내려 보듬어 싹을 틔우며 캄캄한 세상을 헤치며 살고 싶었다. 내 손을 잡아주는 이가 있다면 가파른 비탈도 오를 수 있다고 생각했다.

드라마 〈눈먼 새의 노래〉의 주인공 강영우 박사 부부 이야기가 생각난다. 그 당시 시각장애인은 안마사를 하면 쉽게 돈을 벌 수 있었다. 그러나 강 박사는 어려운 학문의 길을 택했다. 그도 그렇지만 미국 유학까지 다녀온 부잣집 무남독녀였던 그의 부인, 대학생 때 사고로 가족과 시력을 모두 잃은 연하의 시각장애인을 가슴 깊이 품고자 남편으로 맞이했다. 아무것도 내세울 것 없는 맹인 청년과의 만남, 주변의 만류를 뿌리치며 주저하지 않은 과감한 결혼과 미국행, 이역만리에서 수많은 어려움 속에서 일궈낸 성공은 누구나 할 수 있는 일은 아니었다. 누군가에게 의지해야 하는 그가 담쟁이였다면 그녀는 버팀목이 된 향나무가 아니었을까.

사랑은 생명의 꽃이라고 하지만 아름답기만 하겠는가. 그녀는 첫 마음을 다잡고 담금질을 얼마나 해야만 했을까. 외롭고 서럽고 공허한 체념의 시간들을 보낼 때는 눈물로 가슴을 적셨으리라. 가면의 옷을 벗어 던지고 시각장애라는 장벽부터 넘어서려고 발버둥을 쳤다. 아귀가 잘 맞지 않는 삶의 조각들을 골격 퍼즐을 맞추듯 자신을 다듬어나가지 않았나 싶다.

강 박사도 담쟁이의 속성을 차츰 잊어갔다. 희망을 잃지 않고 도전이란 양분으로 튼튼한 줄기를 만들어나갔다. 그를 필요로 하는 누군가가 찾아왔을 때 그는 자신이 가지고 있는 나무의 잎도 줄기도 뿌리도 아낌없이 내주었다. 장애는 극복할 대상이 아닌 시련일 뿐이라는 그의 지난 이야기를 선물로 받고 갔다.

"어두운 새벽을 지나야 찬란한 태양이 떠오르고 일출이 찾아온 후에야 아름다운 노을을 볼 수 있듯 머지않아 반짝일 인생을 기대하며 인내하십시오."

그의 절절한 외침에 가슴이 먹먹해진다. 절망적인 상황 속에서도 한 줄기 희망이 있다면 바로 그게 축복이 아니던가. 희망의 숨길로 담쟁이넝쿨처럼 서로 감싸고 덮어주며 푸른 생명으로 한 몸이 된 그들의 사랑이 아름답다. 담쟁이가 푸른 잎을 달고 힘차게 벽을 넘어선다.

엔딩 파티

비가 그치더니 바람이 매섭게 분다. 5월인데도 대관령에는 눈이 내렸다고 한다. 날씨가 싸늘하니 마음까지 추워진다. 아니나 다를까 TV 뉴스에서 우울한 이야기가 들려온다. 한 노인 주간 보호 센터에서 80대 치매 할머니를 학대한 신고가 접수돼서 경찰이 수사에 나섰다고 한다. 손등이 찢어지고 주름진 손은 온통 시퍼런 멍투성이다. 갈비뼈가 부러지고 이마에도 눈 주변과 턱에도 피멍이 들었다. 따뜻해야 할 5월, 가슴이 시리다.

몇 년 전, 사회복지사 자격증을 따기 위해 주간보호센터 실습을 나간 적이 있다. 그곳은 단아한 골목길 주택가에 있는 식구 많은 어느 가정집 같은 분위기였다. 입구에는 여러 종류의 꽃들이 방문객을 맞이했다. 요양보호사와 간호사, 사회복지사들이 요양 등급 판정을 받은 노인들에게 낮 동안 식사와 안전한 돌봄을 제공하고 있었다. TV 장면과 다르게 친절하고 복사꽃처럼 밝은 표정으로 어른들을 모시고 있었다.

실내에 들어서니 친숙한 것들이 갑자기 낯설게 느껴졌다. 소파에 앉은 노인들이 몸을 웅크리고 조는 듯 가물댄다. 펄펄한 기운도 사라지고 삶의 변곡점을 찍은 자신만의 속도에 맞추어 담담히 움직인다. 푸르던 잎을 다 떨어뜨린 나무의 앙상한 가지처럼 야윈 팔뚝, 기름기 없는 목덜미를 보고 있으면 쓸쓸하고 서글퍼진다.

요양보호사들의 눈빛과 일손이 숨 가쁘게 돌아간다. 프로그램 활동 시간에는 세월의 강 넘어 흔들리는 기억의 끈을 잡게 해주려고 애쓰는 모습이 영화 〈내일의 기억〉 한 장면이 흐르는 듯하다. 사회에서 인정받고 유능했던 사람이 세상으로부터 소외되는 과정이 너무 안타까웠다. 아내까지 잊어버리는 마지막 장면에서는 가슴이 뭉클해 눈물을 훔치곤 했다.

쉬는 시간이다. TV에서 미스터트롯 음악이 흘러나오니 고개를 떨구던 한 남자 어르신이 일어나 손을 번쩍 들어 앞뒤로 흔든다. "건강하려면 철봉을 해야 합니다. 저는 새벽 세 시에 일어나 이렇게 운동합니다." 하고 우렁차게 설교하듯 말한다. 어쩌다 이렇게 되었을까. 무엇이 그로 하여금 청춘의 기억 속에 머무르게 하고 있는 것인가.

말이 채 끝나기도 전에 80세쯤 되어 보이는 여자 어르신이 나선다. "그만해, 너나 잘 해." 하며 비꼬듯 삿대질을 한다. 다른 이들도 덩달아 소리친다. 그 목소리에 눌려 마취된 듯 남자 어르신이 눈을 감고 침묵에 잠긴다. 요양보호사가 신경질 부리는 어린아이를 타이르듯 가만가만 이야기를 나눈다. 금세 조용해진다.

점심 식사 시간. 나는 다른 실습생들과 어르신들의 식사를 돕느라

수다도 눈물도 흘릴 수 없는 시간을 삼켜내고 있었다. 갑자기 팀장님의 얼굴에 구름이 낀다. 1등급 판정의 한 어르신이 음식을 삼키지를 못하고 입안에 물고 있다. 입가에 침만 흘릴 뿐 돌처럼 가만히 앉아 있다. 요양보호사와 간호사가 들어와 할머니를 부축하고 화장실로 향한다. 바지가 허리 밑으로 내려오고 다리만 숨차게 탈탈거리며 똑바로 걷지를 못한다. 손등의 피부는 종잇장처럼 얇아 건드리면 꺾어질 듯하다. 모두 불안한 듯 아무 말이 없다. 내 옆의 노인만이 들쭉날쭉 흔들리는 잎새처럼 집에 가고 싶다고 징징거린다. 이런 모습이 생의 종착점이란 말인가.

오후 내내 남이 눈치채지 못하게 돌아서서 눈물을 훔쳤다. 팀장님이 보호자를 센터로 불러 요양원으로 옮길 것을 권유했다고 한다. 보호자가 와서 입을 씰룩거리며 "죽으려면 똑바로 죽지."라고 했다며 "세상은 요지경, 말세다." 하면서 거품을 물며 흥분을 가라앉지 못한다. 어쩌다 이렇게 되었을까. 끊으려야 끊을 수 없는 부모 자식 인연의 끝이 허망하기 그지없다. 효孝란 단어가 사라지는 현실이 목구멍에 가시가 걸린 듯 아팠다. 어쩌면 단호하게 이건 아니라고 항변하며 소리치고 싶었는지도 모르겠다. 꽃처럼 피었다 떨어지는 설움을 누가 알겠는가. 내 몸 하나 지탱하지 못하고 내가 나를 몰라보는 경우가 된다면 어찌해야 할까.

둥지를 모두 떠난 집이 허전하다. 말년의 종착점을 상상해본다. 요양원? 요양병원? 어느 시인의「입춘 무렵」시구처럼,

거기가 요양하는 곳이라면 얼마나 좋으랴만

당신도, 나도 우리도 다 안다

대합실 같은 곳, 대기소 같은 곳

그러나 다행이다

더 요양할 삶이 남아 있지 않다

구부러진 그림자를 받아주는 생과 사의 사이에 잠시 유보된 곳일 뿐. 매운 꽃샘바람 끝에 생동하는 봄기운이 일어난다면 얼마나 좋겠는가.

서늘한 바람이 휘청거린다. 오후에 마당의 꽃밭을 정리하고 나니 내 안에 어린 시절 그리운 꽃들이 화해하며 피어난다. 꽃이 지고 나면 사랑도 지고 마는 것을, 꽃잎에 맺힌 빗방울이 눈물 같다. 되돌릴 수도 멈출 수도 없는 시간. 어떻게 떠나는 것이 아름다운 모습일까. 죽음의 신이 이승에서 나를 데려갈 때까지 가시에 찔려 정신이 번쩍 나도록 글을 읽고 쓰고 싶다.

이 세상 이별이 오면 장례 의식을 생략하고, 남은 사람들이 밥 한 끼 나눠 먹고 보내는 '엔딩 파티'로 마무리하면 어떨까. 비에 젖은 붉은 장미 꽃잎 하나 소리 없이 떨어진다.

11월에는

11월이 되면 마음이 헛헛해집니다. 마지막 한 장 남은 달력이 그렇게 만듭니다. 그림자가 길게 드리워진 오후, 인적이 끊긴 숲길을 걷습니다. 나뭇잎이 툭 떨어지더니 겨울잠을 준비하려는 다람쥐가 앞서거니 뒤서거니 데크 길을 안내합니다.

그때 친구 순영이가 카톡을 보내왔습니다. 〈이별 노래〉였습니다.

"그가 오늘 하늘나라로 갔어."

좋은 시를 읽고 노래하길 좋아했던 가수 이동원. 그는 가슴에 젖어드는 목소리와 '가을 남자' 이미지로 대중들로부터 큰 사랑을 받아왔습니다.

떠나는 그대 조금만 더 늦게 떠나준다면……

내 그대 위해 노래하는 별이 되리니

노래 가사처럼 그는 이제 별이 되었습니다. 벤치에 앉아 그의 또 다른 노래 〈향수〉를 듣고 있는데 순영의 전화가 왔습니다.

"너 지금 뭐 하니?"

"절물 너나들이길에서 이동원 노래 듣고 있어."

"이동원의 사망 소식을 들으니 고등학교 때 화정이 껌 사건이 생각난다야."

듣고 보니 정말 그랬습니다. 화정이는 고운 목소리를 타고나 노래 부르는 것을 좋아했습니다. 작은 키에 동글한 얼굴에다 피부는 뽀얗게 빛났습니다. 오드리 햅번 같은 큰 눈은 멀리서 보아도 눈에 띄었습니다. 귀에 콕 꽂히는 낭랑한 목소리, 웃음소리도 남달리 컸습니다. 화정이는 유행가를 좋아했고, 가수 배호의 열광 팬이었습니다.

11월 어느 날. 은행잎이 노랗게 물든 늦가을 정취도 느낄 틈도 없이 대입 예비고사 준비 마지막 정리로 모두가 질주하고 있었습니다. 배호가 병원에 입원했다는 소식이 라디오를 통해 흘러나왔습니다.

그날 이후 화정이는 수업도 듣는 둥 마는 둥, 라디오에서 그의 소식을 들으려고 매점에서 많은 시간을 보냈습니다. 매일 그 가수의 쾌유를 바라면서 마음을 졸였습니다. 다른 교실에서 보충수업이 있는 날도 혼자 교실에 남아 배호가 부른 노래 가사를 칠판 가득 써놓고 배호 흉내를 내며 노래를 불렀습니다.

그러던 중 그의 병세가 호전되고 있다는 뉴스가 들려왔습니다. 화정이 얼굴에는 함박꽃이 피었습니다. 라면땅 뽀빠이를 한 아름 사서 친구들에게 나눠주느라 매점 안은 축제 분위기였습니다. 영어 수업이 거의 끝나갈 무렵, 화정이가 교실 뒷문을 활짝 열고 소리치며 들어왔습니다.

"야, 얘들아~, 배호, 살아나고 있댄."

선생님이 놀란 황소마냥 두 눈을 부릅뜨고 목청을 높이며 큰 소리로 말했습니다.

"너, 뭐야. 어디서 오는 거야? 이리 나왔!"

교실은 갑자기 얼어붙었습니다. 친구들은 쥐 죽은 듯 숨을 죽이고, 그녀는 고개를 숙인 채 앞으로 나갔습니다. 선생님이 화정이에게 다가가더니 넓은 손바닥으로 뺨을 후려쳤습니다. 붉으락푸르락 잠재우지 못한 화를 총알같이 쏟아냈습니다.

"야 인마, 너 정신이 있는 거냐 없는 거냐, 제정신이야? 이제 예비고사가 며칠이나 남았냐!"

잠시 침묵이 잠시 흐르고, 굳은 얼굴로 선생님이 말씀하셨습니다.

"오늘 수업은 요~만이다."

선생님이 슬리퍼를 질질 끌며 나가자마자 화정이는 난리가 났습니다. 방금 뺨을 맞은 사람이 아니었습니다. 춤을 추듯 온몸을 흔들어대기 시작했습니다. 그가 살아나고 있다며 흥분된 목소리로 떠들어댔습니다. 그러면서 그의 〈마지막 잎새〉를 눈을 감고 흐느끼듯 감정을 넣어가며 부르기 시작했습니다.

그 시절 푸르던 잎 어느덧 낙엽 지고

흐느끼며 떨어지는 마지막 잎새

눈을 감고 온갖 감정을 실어 몸을 배배 꼬며 부르는 그녀의 침울했던 얼굴에는 햇살이 피어올랐습니다. 친구들은 어이가 없었습니다. "미쳐도 단단히 미쳤구나." 하면서 놀리는 애들도 있고 귀를 꽉 막고 예상 문제집에 얼굴을 파묻은 친구도 있었습니다. 예비고사를 코앞에 두고 있는 우리로서는 화정이의 열광을 공감할 수 없었습니다.

그런데 며칠 지나자 배호의 사망 소식이 전해졌습니다. 그의 장례식 날 아침, 화정이는 껌을 하나씩 옆 반까지 모두에게 나누어주었습니다. 구멍가게 하는 집의 껌을 전부 가져왔다고 했습니다. 머리에는 흰 머리핀도 꽂았습니다. 화정이의 큰 눈에선 금방 눈물이 터질 것 같았습니다.

"장례식장에 가지도 못하곡, 빵이라도 하나씩 돌려야 하는데, 빵 대신 껌 돌렴져."

우리는 껌을 받아 씹으면서도 아무런 말을 하지 못했습니다. 그날은 그녀가 노래를 마음껏 불러도 무한한 아량으로 용서가 될 것 같았습니다. 하지만 그녀는 한 곡도 부르지 않았습니다. 단지 저음이 짙은 배호의 〈누가 울어〉를 몇몇 친구들이 불러주었습니다.

그날 껌을 씹던 맛은 아직도 입안에 남아 있으나, 세월은 손가락 사이로 빠져나간 모래알처럼 흘렀습니다. 고3 나이를 네 번 가까이나 넘긴 지금, 그때의 불꽃 같았던 그녀가 그리워집니다. 고교 시절 나누었던 이야기가 그리움의 순례길이 되어 아름답게 흘러갑니다.

한 해가 끝나는 11월에는 마음에 품고 있었으나 미처 하지 못한 일을 하려 합니다. 오랫동안 보지 못한 친구와 단풍이 물든 숲길에서 바스락거리는 낙엽도 밟고 싶습니다. 미안하다고 사과하지 못한 이들에게 마음을 전하는 일도 해야 할 것 같습니다. 늘 가까이 있는 다정한 친구들에게도 따뜻한 한마디 더 해줘야 하겠습니다. 발걸음이 빨라집니다.

4부

그녀 효영이

갈까마귀처럼

까마귀의 울음소리가 마을을 훑는다. 까마귀 한 쌍이 전봇대 위에 둥지를 틀고 있다. 나무에 앉아 부리로 쪼아가며 가지를 꺾는 모습이 신기하다. 암컷과 수컷이 여기저기서 모아온 재료로 집을 짓고 있다. 수컷은 부지런히 암컷의 먹이도 구해 온다. 먹이를 둥지에 내려놓고 울어대며 암컷의 꼬리를 건드린다. 암컷의 부리에 먹이를 넣어주는 사랑스러운 모습은 납치하고 싶은 풍경이다.

강창래의 『오늘은 좀 매울지도 몰라』를 읽는다. 요리에 젬병인 그가 암 환자인 아내를 위해 낯선 부엌일의 일상을 페이스북에 올린 메모를 지인들의 권유로 출판한 책이다. 다 읽고 나니 가슴이 답답하다. 슬픔과 기쁨으로 양념한 음식 이야기를 읽으며 눈물에 젖는다. 사랑하는 사람과의 이별은 상상만으로도 적잖게 괴롭다. 시간이 흐르면 누구나 죽음의 문을 열고 들어가야 하는 게 인간의 운명이다. 건강을 지키고 누군가의 위로가 되려면 혀가 아닌 몸이 원하는 음식을 먹어야 한다는 것을 일깨운다.

나는 남편이 속이 불편하다거나 몸살을 할 때면 죽을 끓인다. 죽은 기본 재료가 계절 곡물 종류에 따라 다양하다. 죽은 속이 불편한 사람을 위한 유동식이기도 하지만 가난한 사람들이 음식의 양을 늘려 배를 채우던 주식이기도 했다. 그래서일까. 죽을 싫어하는 사람도 있다.

죽을 끓이려 하니 남편은 씹히는 식감도 없고 밍밍하다며 얼굴을 일그리며 타박한다. 몸이 아프다는 것은 몸이 살기 위한 강력한 신호로 무시할 수 없다. 이럴 때는 위장을 편안하게 어루만져주는 마죽이 최고다.

부엌으로 들어간다. 부엌은 내가 좋아하는 곳이다. 주체할 수 없는 우울함이 밀려올 때도 살아갈 용기를 주는 곳이 부엌이다. 외로움이나 아픔이 있어도 부엌에 서 있으면 견딜 만하다. 도마 위에서 춤추는 칼과 식재료가 가득 채워진 냉장고를 보면 혼자가 아닌 삶을 들여다보게 된다.

부부란 서로 어떤 존재일까. 참으로 복잡다단한 인연인지라 머릿속에 숨어 있던 언어들이 실타래처럼 풀려나온다. 누구나 저마다 여러 문장으로 글을 쓰며 살아가지만, 어떤 날은 낭만적인 감성 시를 쓰다가 어떤 날은 악랄하고 무자비한 웹 소설을 쓰게 된다.

물에 불린 쌀과 찹쌀을 빻아 흰죽처럼 나무 주걱으로 천천히 저어가며 끓인다. 침묵 속에서 사랑하는 마음을 손길에 담는다. 끓는 냄비에 하얀 김이 새어 나올 때면 허기진 영혼이 치유되는 듯하다. 쌀알이 어느 정도 퍼지면 갈아둔 마와 잣을 조금씩 넣고 젓는다. 거품이 보글거리며 풀풀해지면 죽이 완성된다. 반찬은 매콤하면서도 개운한 겨자무침이나 고소한 들깨 나물이 좋다. 간장과 식초를 넣은 양념장으로 버무린 새콤하고 향긋한 샐러드도 금상첨화다.

은은한 불빛이 퍼지는 식탁 위에 죽상을 정갈하게 차린다. 평온한 정감이 흠뻑 묻어난다. 밍밍한 죽이라고 이죽거리던 남편이 한 숟갈 떠 입안에 넣고 우물거린다. 따스한 뮤신의 점액질이 부드럽게 속을 다스려주고 있는가. 새콤한 반찬을 젓가락질하더니 숟가락 놀림이 빨라진다. 쓰린 오장육부를 뭉그러진 마죽 알갱이가 쓸고 지나가니 편안한지 어떤 투정도 없다. 끙끙거리며 배를 쓰다듬던 얼굴에 화기가 돈다. 이만하면 좋은 아내가 된 듯 나의 얼굴도 밝아진다.

무겁던 몸에서 깃털처럼 가벼운 소리가 들린다. 자극이라곤 찾아볼 수 없는 담백한 맛의 소리다. 그 은은한 맛이 어쩌면 인생의 맛일지도 모른다는 생각이 든다. 살을 맞대고 함께 살아온 풍파 많은 세월을 돌아보니 지금쯤이 인생의 맛을 아는 나이다. 내 생의 시계가 빠른 보폭으로 지나간다. 두 아이도 둥지를 찾아 떠나고, 마른 감잎처럼 바스락거리던 시어머니, 친정어머니도 모두 이승을 떠나셨다. 삶의 한가운데에 홀로 덩그러니 남겨진 기분이다. 아등바등 넘어온 발등이 시리고 아프다.

죽 그릇이 비워져간다. 허기진 몸에서 에너지가 솟고 몸과 마음이 치유되는 느낌이 든다. 사람은 사랑과 비움으로 먹고사는 것인지도 모르겠다. 부부가 살면서 마음을 비운다는 것은 그리 쉽지 않지만 지나친 기대를 내려놓는 일이 곧 마음을 비우는 것이리라. 살아오면서 끝없이 사랑을 갈구하며 상대에 대한 욕심으로 상처를 주며 놓쳐버린 시간을 떠올리니 후회스럽기만 하다.

어느새 죽 그릇 바닥이 드러나 있다. 그가 자리를 털고 일어나며 오그라진 가슴을 편다. 환상이 사라진 삶이었다고 항변하며 튕겨 나가려는 그를 향해 중심축으로 끌어당기려고만 했다. 기침 소리도 다정하게 들리는 지금, 새들도 사랑을 나누면서 살아가는데 그를 그대로 인정하지 못하고 마찰음을 낸 세월이 미안하기만 하다.

세상 사람이 모두 나에게 등을 돌려도 죽음이 오는 순간까지 내 편이 되어줄 그가 아닌가. 오늘따라 갈까마귀 사랑 이야기가 가슴속으로 스며들며 시리게 한다. 갈까마귀는 수컷이 맛있는 것을 발견하면 암컷의 입에 넣어주고, 암컷은 수컷의 긴 목 깃털을 수시로 쓰다듬으며 애정을 표현한다. 세월이 흘러도 두근거리며 떨리던 그 첫사랑의 속삭임을 변함없이 들려준다.

그의 주름진 얼굴 뒤로 흘러내린 흰 머리카락과 점점 고요해지는 그가 애잔하다. 부부로 사는 것이 울고 웃고 부대끼는 다큐라지만 이 또한 사랑하며 갈까마귀처럼 살아가리라. 봄바람이 살금살금 거칠었던 마음을 흔들며 지나간다.

준휘가 차린 밥상

햇살을 등에 업고 길을 걷는다. 바람이 전하는 봄. 초록빛 새잎들이 아우성치듯 풀숲에 내려앉는다. 겨울의 끝자락, 기지개를 펴고 일어선 풀꽃들. 민들레, 꽃다지, 까치꽃, 제비꽃……. 이런 풀꽃들을 보노라면 준휘의 얼굴이 그려진다.

지난해 여름, 준휘는 교사인 부모님과 함께 전북 장수에서 제주에 와 한달살기를 했다. 가족은 제주의 바다와 오름이 어우러진 올레 걷기에 빠져 하루에 한 코스씩 걸었다. 햇살이 뜨거워 걷는 것이 힘들었지만 흰 모래 위로 펼쳐진 푸른 바다, 그 빛에 취해 황홀했다. 금오름, 용눈이오름, 다랑쉬오름……, 오름들의 완만한 능선은 누가 이보다 더 아름답게 그릴 수 있을까. 경이로운 풍광이었다. 잃어버린 마을, 다랑쉬의 비극은 가슴이 아팠다고 했다.

어느 날 원장님이 한식 강사인 내게 수업을 마치고 나오는 준휘를 소개했다. 타지에 와서 중학생이 요리를 배운다니 놀라웠다. 그는 키도 크고 축구선수 데이비드 베컴같이 멋진 얼짱이었다. 양식 브런치 수업을 받는다며 부드러운 음성으로 말도 예쁘게 했다. 나는 그 아이가 왜 요리를 배우는지 궁금했으나 물어보지는 못했다.

겨울방학이 되자 준휘 가족은 다시 제주를 찾았다. 이번에는 두달살기다. 한식 요리를 배우고 싶다며 등록을 했다. 낯익은 학생이라 반가웠다. 지난여름 제주 생활이 감동이었다며 꿈결 같은 목소리로 읊조린다.

"제주 '한달살기'는 부모님이 주신 가장 값진 선물, 정말 행복했어요."

밝게 웃으며 제주의 여러 음식을 접하면서 셰프의 꿈도 갖게 되었다고 한다. 준휘가 요리를 배우려는 궁금증이 풀린다. 한식 자격증 음식 메뉴는 서른세 가지. 조리기능사 자격증을 취득하려면 재료 손질법은 물론이고 조리 기초 지식과 세심하고 노련한 칼솜씨가 있어야 한다. 재료 규격을 맞추고 시간 내에 조리해서 그릇에 담아내는 일이 그리 쉽지 않다.

첫 수업은 재료 썰기다. 시험 시간은 25분. 오이, 당근, 무, 달걀을 이용해 채썰기, 골패썰기, 지단 부쳐 마름모 썰기다. 모두가 어려워하는 과정이다. 오이, 무는 채썰고 당근은 골패썰기, 달걀은 황백 지단 부쳐 골패썰기와 채썰기이다. 집중하지 않으면 다치거나 원하는 대로 썰 수가 없다. 많은 연습이 필요하다.

준휘는 칼 잡는 방법이 서투르다. 칼은 엄지, 검지로 칼날을 움켜쥐듯 잡고 세 손가락은 손잡이에 대야 하는데 다섯 손가락 모두 손잡이를 잡는다. 실력은 많이 모자랐지만 의욕은 대단했다. 나이 든 어른들과도 잘 어울리고 모든 수강생에게 사랑을 받았다. 한식으로 요리의 기초를 배우고 양식, 중식, 일식을 다 배우고 싶다며 밝은 미소를 짓는다. 귀엽고 대견해 보인다.

하늘이 잿빛으로 물들던 날, 실습실에 들어서니 교실이 산칫집처럼 요란하다. 준휘가 낚시로 숭어를 잡아왔다. 커다란 숭어 두 마리가 낚싯바늘에 걸린 채 검은 비닐에 들어 있다. 선명한 눈과 붉은 아가미가 방금 물에서 건져 올린 듯했다. 모두 준휘가 승전고를 울리며 돌아온 아들인 것처럼 환호하고 기뻐한다.

"준휘야, 누구랑 낚시했냐? 어디서 잡았냐? 몇 마리 낚았냐?"

질문이 쏟아진다. 준휘가 멀쑥하게 서 있는데 K 사장님이 생선 비늘을 긁기 시작한다. 갑자기 분주해진다. M 이모는 마늘을 다지고 J 이모는 고추장에 식초를 섞는다. K 사장님은 숭어 배를 가르고 껍질을 벗겨 회를 뜬다. K 사장님이 물 만난 고기처럼 신이 난다. 싱글벙글 미소를 지으며 준휘를 부른다. 칼을 갈더니 생선을 도마에 놓고 숭어 살을 저민다.

"회는 칼을 눕혀 한 번에 쓰~윽 칼질을 해야 돼."

M 이모도 한마디 거든다.

"준휘야, 배낚시도 해봤니?"

"네, 아빠랑 이호 바다에서 선상 낚시를 해봤어요. 고기가 잘 잡히지 않는 날도 있어요."

K 사장님이 웃으며 내뱉는다.

"인생이 다 그런 거야. 뜻대로 안 될 때도 많아. 요리도 한 번에 안 돼."

인생을 달관한 말투다. 준휘는 눈을 크게 뜨더니 썰어놓은 생선회에 눈을 맞춘다. 가지런히 포를 뜬 하얀 속살의 생선회를 초고추장에 찍어 입에 넣으면서 눈을 감는다. 물속의 고기를 낚을 때의 긴장감과 쾌척의 기쁨, 기다림의 순간들을 모두 느끼는 듯하다. 탱글탱글한 생선회, 고맙다는 인사로 숭어 축제는 막이 내린다.

서른세 가지 요리 수업은 17일 만에 끝났다. 콩나물밥 복습을 하던 날, 준휘가 내게 다가와 작은 목소리로 말한다.

"선생님, 5첩 밥상 메뉴를 어떻게 짜면 좋을까요? 부모님께 근사한 상차림을 해드리고 싶어요."

순간 그 아이를 쳐다보니 큰 바위 얼굴처럼 보인다. 요리만 가르친 것이 아니라 어른을 섬기는 마음까지 가르친 듯해 뿌듯하다.

5첩 밥상은 밥, 국, 찌개와 반찬 다섯 가지로 차려지는 밥상이다. 서른세 가지 배운 요리를 훑어보았다. 콩나물밥, 완자탕, 두부젓국찌개, 무생채, 탕평채, 너비아니구이, 표고전, 두부조림으로 정했다. 주말이다. 혼자 시장 보고 음식을 만들며 헐레벌떡 분주하게 왔다 갔다 하는 준휘 모습이 그려진다. 시험장에 들어가는 아들을 보는 것처럼 걱정이 앞선다. 아들의 정성이 담긴 상차림을 받고 기뻐할 준휘 부모님의 모습도 떠오른다. 상차림은 잘 차렸을까. 가슴이 설렌다.

준휘에게 전화가 왔다. 완자탕이 마음대로 되지 않았지만 밥상은 잘 차렸다고 했다. 어머니는 아들의 상차림을 보면서 눈시울을 붉히며 기뻠의 노래를 불렀다고 한다.

"고맙다. 상차림 하느라 수고했다. 사랑한다, 내 아들."

흥분된 아이의 목소리. 차려진 밥상이 주마등처럼 머릿속을 지난다.

"잘했어. 너는 이미 셰프야. 음식은 만드는 사람의 마음을 담아내야 해. 잊지 마라."

이미 준휘는 갈매기 조나단처럼 꿈을 향해 끝없이 비상하고 있었다. 오던 눈이 멈추고 세상이 밝아지는 듯하다.

봄, 그렇게

새벽 5시, 눈을 떴습니다. 커튼을 열어젖히고 창밖을 내다봅니다. 창문을 흔들고 지나가는 비바람 소리. 겨울을 떠나보내기 아쉬운 듯 계절의 흔적을 지우며 땅을 적십니다. 추위로 웅크리며 메말랐던 내 마음도 촉촉해집니다. 어둠이 내린 골목은 가로등만 눈시울이 젖어 있습니다. 마을에는 침묵이 사방에 뿌려져 고요하게 흐르며 기억의 냄새를 마중합니다.

봄의 향기가 방 안으로 쏟아져 들어옵니다. 차가운 바람이 얼굴을 비비지만 가슴은 훈풍으로 다가옵니다. 설움도 삼키고 괴로움도 털어내며 날숨 들숨을 짧고 빠르게 끊어주는 콧숨, 그 향기로 맛을 음미해봅니다. 어떤 맛일까. 오렌지 맛이 날 것도 같고 동치미의 새콤한 맛일 것도 같습니다. 밤새 끙끙 앓던 무릎을 폈다 구부렸다 해봅니다. 관절뼈 부딪치는 소리가 사라지고 통증이 가라앉습니다. 밤잠을 잘 수 있어 다행입니다. 세상은 감사 일기를 쓸 일이 많아 흐뭇하고 따뜻해집니다.

오름 아래 보리밭을 바라봅니다. 꽃비가 멈춘 보리밭의 풍경은 싱그러운 연둣빛으로 가득합니다. 그 푸름은 혹독한 겨울을 이겨낸 에너지이고 사랑입니다. 햇살이 부드럽게 살갗에 퍼지고 바람은 누구의 방해도 받지 않고 불어옵니다. 볕이 서리를 녹이며 흙 속으로 서서히 스러집니다. 찬 서리로 굳었던 대지가 꿈틀거립니다. 서걱거리는 땅속으로 빗물이 스며들며 미로처럼 퍼져나갑니다. 흙 속의 숨구멍에 가만히 귀 기울이니 땅속의 씨앗이 고개를 내밀려고 흙을 떠미는 소리가 들립니다. 겨울잠에서 깨어난 벌레들의 발자국 소리도 들려옵니다. 화단의 나무들은 기지개를 펴고 가지를 뻗어보며 하늘을 향해 잎을 흔들며 솟아오릅니다. 그 여정은 비발디의 〈사계〉 협주곡 중 봄의 소리라 할까요. 들이 베푼 자리에 초대받은 듯합니다.

봄은 먼저 꽃으로 울렁거립니다. 겨우내 휑하던 회색빛 담벼락에 담쟁이가 푸른 잎을 달고 기어오릅니다. 이에 질세라 진분홍 철쭉도 서서히 꽃망울을 터트릴 준비를 하고 있습니다. 꽃망울의 이마에 손을 얹고 '사랑스럽다'고 말해주고 싶습니다. 그러면 머지않아 꽃불 잔치를 열겠지요. 꽃을 피워 자기 존재의 아름다움을 드러내기도 하지만 평생 꽃봉오리로 머무는 경우도 있습니다. 어찌 꽃들만 그렇겠습니까. 세상 들여다보면 애처로운 일들이 많습니다. 피는 꽃과 피지 못하는 그 사이를 들여다보니 우리네 삶의 이야기와 같아 눈물이 납니다.

굼실굼실 붉게 솟아오르는 것들이 있습니다. 사랑하려면 이 꽃처럼 뜨겁게 하라는 작약 순입니다. 매화가 간밤 추위에도 두려움 없이 고고하게 속살을 드러냅니다. 추위와 맞서 핀 꽃잎은 걸핏하면 주저앉으려는 이에게 손을 내밀며 말을 걸어옵니다.

"어쩌자고 꽃부터 먼저 피어나 못 견디게 하는가?" 했더니, 매화가 망설이다 꽃받침을 열고 꽃을 드러내며 "봄, 봄이잖아요." 기품과 인내의 꽃말처럼 고운 자태와 그윽한 향기에서 고결한 마음이 빛납니다. 꽃잎의 따스한 눈빛에 마음이 흔들립니다. 꼼짝달싹하지 않게 얼어붙은 마음이 스르르 풀립니다.

봄꽃뿐인가요? 봄바람에 여심이 설레며 수런거립니다. 두꺼운 옷을 벗어버리고 하늘하늘한 블라우스에 얼굴 화장도 한결 밝아집니다. 봄바람에 들뜬 마음이 갈피를 못 잡습니다. 그래서 여자는 봄이 되면 감정의 파장을 일으키나 봅니다. 황량했던 들판에 아지랑이가 피어오르듯 사랑을 하는 것이 아닐까요.

봄바람이 한라산 제1횡단도로를 건너 불어옵니다. 어쩌면 바람은 나를 포근하게 품어주는 서귀포 솔동산에서 불어오는지 모르겠습니다. 그 바람이 나를 부르면 가슴에 달을 띄우고 밤잠을 설치며 길거리에 신세타령을 늘어놓기도 해봅니다.

솔동산의 어느 카페 창문으로 햇살이 부서져 내립니다. 의자에 앉아 여유롭게 커피를 즐기는 사람들이 보입니다. 백색의 도톰한 커피잔에 햇살을 타서 마시는 사람들을 한참 바라봅니다. 마치 그 광경이 '바로 이게 서귀포구나.'라는 생각이 듭니다. 나의 눈과 귀, 맛과 향기와 촉감을 지나 내 가슴에까지 서귀포의 풍경이 온몸 구석구석에 녹아 흐르고 있습니다. 마치 살갗에 무늬를 새긴 지문처럼.

그 흔적은 내 안에 자리한 서귀포의 추억이고 사랑이었습니다. 내

감각 안에 과거와 현재와 미래가 추억과 그리움이란 하나의 끈으로 연결되어 있는지 모르겠습니다. 이곳의 들뜨지 않는 청명한 공기를 들이마실 때마다 가는 빗방울 입자가 나를 깨웁니다. 발아래 새 생명이 움트는 소리를 들으며 걷다 보니 서귀포가 깊은 어심於心에 잠긴 기억을 불러냅니다.

나뭇잎 사이로 바람이 불어옵니다. 서귀포는 내게 바람입니다. 나를 설레게 하고, 힘들 때 친구처럼 나를 위로해주고 쓰다듬는 봄바람입니다. 세연교, 천지연, 소라의 성, 이중섭 거리 모두 그렇게 봄바람입니다. 미적이면서 세련되고 유혹적입니다. 호젓한 영혼의 도시, 서귀포는 봄입니다.

구름 키스

여름빛 담아 구름 맛 나는 커피가 생각나는 오후입니다. 석류나무 아래 붉은 달리아 꽃잎 위에 퍼지는 진한 향기를 마음에 그려냅니다. 빛바랜 머그잔에 햇살 한 스푼과 달리아 사랑 두 스푼을 넣어 하늘에 떠다니는 구름에게 전해봅니다. 대답 없는 꽃구름, 허상을 쫓는 일처럼 부질없지만 '그러면 어때.' 하고 구름 떼에 시선을 맞춰봅니다.

새삼 하늘에 눈이 자주 갑니다. 높푸른 하늘에 뭉게구름이 바람과 함께 어디론가 떼 지어 흐릅니다. 어디서 날아왔는지 양떼구름이 틈새 사이를 비집고 흘러갑니다.

구름은 하늘의 꽃인가. 뭉게구름은 넓디넓은 허공의 화원에 다채로운 꽃으로 피어납니다. 그러다 바람에 밀려 형체도 없이 사라집니다. 그렇지만 구름은 바람을 미워하거나 아파하지 않습니다. 흩어지고 모이며 숨바꼭질하듯 수시로 형체를 바꾸며 안나푸르나 장강의 물처럼 느릿느릿 흘러갑니다. 깊은 계곡에서 태어나 숲을 지나 바다 위에 머물며 떠다니다 이별을 합니다. 어쩌면 순례자인지도 모르겠습니다.

하늘을 바라보며 잠시 생각에 잠깁니다. 돌이켜보니 나의 삶도 흘러가는 구름이었습니다. 구름처럼 그저 흐르는 대로 순응하며 살면 그만인 것을. 스쳐 간 시간이 흐릅니다. "삶이란 한 조각 구름이 일어남이고 죽음이란 한 조각 구름이 스러짐이다."라는 서산 대사의 해달시가 생각납니다.

뭉게구름으로 채색된 하늘이 아름답습니다. 저렇게 다르게 하늘에 둥둥 수놓는 존재가 있을까.

흰 구름이 어느 시인의 말을 내게 들려줍니다.

> 흘러가는 것을 아파하거나 두려워하지 말라.
>
> 흐르고 흐르다 보면 삶이 무엇인지 알게 되리라.
>
> 솜사탕처럼 부드럽게 둥글게 어울리며 세상 살아가는 것이 이치가 아니겠느냐.

구름도 하늘에 갇혀 뜬구름같이 떠 있다 보니 허리 한 번 펴지 못하고 놓친 일들이 많았음에 큰 숨을 토해냅니다. 아픔과 상처, 기쁨과 그리움을 모두 끌어안고 아름다운 노래의 나지막한 선율처럼 흘러갑니다. 울먹이던 참새 한 마리가 광나무 위를 가르며 날아가다 사라집니다.

구름이 바람에 밀려 뭉쳐졌다 흩어지며 떠내려갑니다. 내일이면 또 다른 구름이 되어 한세상 두둥실 떠갈 것입니다. 내 머리 위로 무심히

떠가는 저 구름을 보며 깨우칩니다. 구름은 얼마나 많은 비를 버려서 저렇게 가벼운 것인가. 나는 욕망의 보자기를 등에 지고 얼마나 많은 것을 감추며 무겁고 힘들게 살아왔던가. 끝도 모르고 앞만 보고 살아와 더더욱 애절함과 그리움만 남습니다.

구름 사이로 쏟아지는 햇살을 받으며 흐르는 구름 소리를 듣습니다. 저 높이 하늘에 살면서 있는 듯 없는 듯 수도자처럼 침묵하며 흘러만 갑니다. 마치 지상이 제 집 아닌 듯 겉욕심을 텅 비우고 가벼이 흘러 흘러갑니다. 구름에게 가야 할 길을 물었더니 살짝 귓속말을 합니다. "그냥 너의 길을 가라." 지나친 욕심과 허영심, 미움과 질투 버리고 바다와 같이 고요한 마음으로 가면 된다고 합니다. 삶을 살다 보면 해가 가려진 구름처럼 어두운 시절도 있지만 누구도 막을 수 없는 빛의 희망이 온다는 것을 반드시 기억하라고 합니다.

해가 점점 높이 떠오릅니다. 말쑥하게 드러난 한라산의 정수리를 넘어온 꽃구름 두 조각이 너무 아름답습니다. 지나간 생의 갈피갈피가 향기 물씬 피우며 가파르게 피어오릅니다. 몸짓 하나, 눈빛 하나로도 알 수 있는 연인처럼 그리움을 기다려 온 듯 한라산과 뭉게구름이 포개 겹쳐집니다. 비가 되어서라도 임에게 안기고 싶은 듯. 한 생애 슬픔에 잠긴 삶의 갈등을 기쁨으로 풀며 사랑을 나눕니다. 스스로 허공이 될 수 없음에 아쉬운 이별의 마지막 키스, 눈물겹도록 그 사랑이 내게로 흐릅니다.

그땐 왜 알지 못했을까

남편과 함께 한라산 중턱의 양지공원에 들렀다. 시립추모공원으로 어머님을 모신 곳이다. 추모함 영정사진 속의 어머님이 나를 향해 미소 짓고 있다. 흰 피부에 세련되고 조용한 모습이 그대로 다가오며 지난 시간을 훔치게 한다.

10년 전 어느 봄날, 어머님께 안부를 묻기 위해 전화를 드렸는데 목소리가 예전 같지 않았다. 바쁘다는 핑계로 한동안 전화를 못 드려 미안함이 밀려왔다. 허덕거리는 목소리로 어머니께 여쭈었다.

"어디가 아프세요?"

"감기가 떨어지지 않는구나."

어머니의 목소리는 입안에 맴도는 듯 힘이 없고 메마른 거친 음성이었다.

"감기가 오래가면 검사를 해보아야 해요."

"그렇지 않아도 검사해보려고 지금 병원에서 영양주사 맞고 있어."

"……"

아무런 대답이 없는 내게 "너무 걱정하지 마라."고 하셨지만 불안한 마음이 나를 다급하게 만들었다. 방과 후 수업을 다른 선생님과 바꾸고 화북동 동네 의원으로 한걸음에 달려갔다. 병원에 도착하니 어머님은 주사를 다 맞고 엑스레이 촬영도 끝나 있었다. 의사가 나를 보더니 좀 보자고 하여 진찰실로 들어섰다. 의사가 엑스레이 검사 결과를 보여주시면서 어두운 표정으로 말했다.

"한쪽 폐의 반 정도가 하얗게 되어 있어요. 큰 병원에 가서 정밀검사를 받아보았으면 좋겠어요."

불현듯 당혹스러움이 밀려왔다.

어머님을 모시고 대학병원으로 가는 내 뇌리에 수많은 이야기가 스쳐 지나갔다. 병원에서 CT 촬영을 하고 보니 어머님의 삶 한가운데 폐암이라는 깊은 병마가 스며들어 앉아 있었다. 누구에게 들키기라도 할까 봐 도망치듯 병원을 빠져나왔다. 이렇게 될 때까지 왜 아프다는 말씀을 하지 않고 홀로 참으셨단 말인가. 순간 어머님께 불어닥친 폭풍이 나의 잘못인 양 가슴을 치며 통곡하고 싶었다.

어머님은 1 · 4 후퇴 때 열아홉 살의 꽃다운 나이로 피비린내 나는 전장을 헤치고 남으로 내려오셨다. 그때부터 고향과 가족을 그리워하며 60여 년 동안 가슴에 슬픔을 묻고 살아오셨다. 거친 파도 속에서 그리움과 아픈 사연으로 얼마나 많이 자맥질했으랴. 죽음을 발라낸 생선 가시처럼 주린 허기와 참혹했던 공포로 구멍 난 기억을 움켜쥐며 가족 상봉의 그날을 기다려왔다.

얼어 죽고 굶어 죽는 것을 눈 뜨고 볼 수 없었던 생지옥 같던 그때, 허우적대던 그 울음, 진저리치며 외롭고 고단한 잡초 같은 삶을 이겨내셨다. 아버님이 뇌졸중으로 몸져눕자 어머님은 모진 고생 마다하지 않고 일바지 하나로 3년을 살았노라 하시며 힘든 세월로 쌓인 한을 삼키셨다. 자식들을 희망 비타민으로 여기며 어려움과 아픔이 밀려와도 참는 일은 어머님의 몫이었다.

살면서 하고 싶었던 일과 바라는 기대가 왜 없었겠는가? 텃밭을 가꾸면서 혼자 자유롭게 사시도록 하는 것이 어머님을 편하게 해드리는 일인 줄 알았는데 그게 아니었다. 남편과 나를 불러놓고 어렵사리 말씀하셨다.

"건강해지면 이웃이 많은 아파트에서 살고 싶구나."

어머님이 병을 앓고 나서야 그간 외롭고 힘들었던 마음을 읽게 되다니……. 여태껏 어머님과 살갑게 살아오지는 못했지만 힘들고 섭섭할 때마다 투정도 많이 부렸다. 그런 일들은 한때의 먼지처럼 날려 보낸 지 오래되고, 보듬어주시며 미소 짓던 얼굴이 너그러운 보름달이 되어 내 가슴 속에 떠 있다.

어머님은 비 내리는 병실 창밖을 바라보시다가 가만히 눈을 감으시더니 나즈막한 목소리로 말씀하셨다.

"빨리 가서 쉬어라."

"내일은 아범이랑 올게요."

나는 어머님을 간병인에게 맡기고 병실을 빠져나왔다. 병원 앞마당에는 새봄이 일어 흐드러진 벚꽃만이 흩날리고 있었다. 어머님의 아픔과 두려움도 벚꽃 속에 숨어 바람 타고 멀리멀리 날아갈 수 있기를 바랄 뿐이었다. 병세가 짙어지면서 해드릴 수 있는 일이 많지 않아 나에게 무기력함이 엄습해 왔다. 오로지 기도로 신께 매달리는 일과 릴케의 「엄숙한 시간」 글귀만이 나를 위로하고 있었다.

지금 이 세상 어디선가 누군가 울고 있다.

세상 속에서 까닭 없이 울고 있는 그 사람은 나를 위해 울고 있다.

지금 세상 어디선가 누군가 죽어가고 있다.

세상 속에서 까닭 없이 죽어가고 있는 그 사람은 나를 바라보고 있다.

어머님의 항암 치료 자명종이 멈추고 하얀 무명천이 덮이던 날, 벚꽃 진 병원 앞마당에 햇살이 눈부시게 내려섰다.

지금에 와서 삶의 옹색함에서도 꿋꿋하게 살아낸 어머님의 지난 이야기를 기억하게 된다. 구멍가게 물건보다 자식의 책이 더 소중했던 일, 아버님의 대소변 거두어내신 일, 제주까지 오게 된 사연, 이북에서 살았던 이야기 등 대지를 촉촉이 적시는 봄비 같은 어머님의 말씀. 아픔도 외로움을 알지 못한 내게 무언無言의 이야기를 들려주고 있는 것이 아니었는지 나 자신을 돌아보게 한다.

벚꽃 만발한 봄날, 마지막 힘을 내시며 "고맙다." 하신 어머님의 말씀과 발자취가 오늘에 다시금 나를 일으켜 세운다.

뜰에서 배운다

아파트 생활을 정리하고 이사를 했다. 거실에 앉으면 한라산과 오름에 펼쳐지는 푸른 나무들이 보이는 단독주택. 사방이 탁 트인 주변 경관이 아름다웠다. 직장을 다녀야 하는 나로서는 망설였지만 남편이 이 집을 너무 좋아했다. 이사만 하면 텃밭도 가꾸고 잡초도 뽑겠다고 했다. 공기도 좋고 내가 좋아하는 절물자연휴양림도 가까이에 있어 동의하지 않을 수 없었다.

사실 나도 마당과 텃밭이 있는 집을 갖고 싶었다. 어렸을 적 앞마당에 장독대가 있고, 채송화, 봉숭아, 해바라기가 피는 집에서 살았다. 봉숭아꽃을 따서 손톱에 물을 들이고 장독대의 된장을 떠 와 오이냉국을 만들어 먹던 기억은 나이가 들어도 잊어버릴 수 없는 추억이다.

어느 날 출근하면서 남편에게 잔디밭의 잡초를 뽑아주기를 부탁했더니 돌아온 대답이 의외였다.

"인터넷 검색을 해보니 제초제를 뿌리면 된대."

시험 문제의 정답을 알아낸 듯 흥분된 목소리로 말하며 손을 놓고 있었다. 황당해 할 말을 잃었다. 그 이후로 남편은 앞마당은 들여다보지도 않고 음악을 들으며 한라산만 쳐다봤다.

"약속을 잊어버렸냐?"

목청을 높여보았지만 결국 뜰은 나의 몫이 되었다. 옆집 통장님이 아침마다 뜰에서 잡초를 뽑고 있는 나를 보더니 근엄한 목소리로 말했다.

"잡초를 이기려면 한 달 이상 전쟁을 벌여야 해요. 뒤엎고 새로 심으시오."

잡초와 전쟁이라니. 정말 제초제를 뿌려야 하나? 그들의 말에 귀를 닫아버리고 싶었다. 햇살 좋은 날 마당에 앉아 맑은 하늘을 쳐다보면 얼마나 행복한가.

잇새에 낀 음식처럼 호미로 쪼아대면 맥없이 무너지는 잡초. 하얀 털의 노란 꽃 개망초는 조금만 힘주어 잡아당겨도 뿌리까지 쑥 뽑혔다. 화단 돌 틈 사이를 누비며 감아 오르는 갈퀴덩굴과 숨바꼭질하듯 군데군데 솟아오른 쇠뜨기와 앙증맞은 제비꽃. 나름대로 사랑스럽지만 마귀 할망처럼 모조리 휘어잡아 뜯어냈다. 토끼풀과 선피막이풀은 줄기마다 뿌리를 내리고 있어 호미의 날카로운 끝으로 힘껏 내리쳐 악착같이 긁어내곤 했다. 뿌리를 못 찾으면 잎이라도 뜯어냈다. 그러고 나면 허리와 무릎이 돌덩어리를 올려놓은 것처럼 뻐근해지고 손목도 팔꿈치도 어깨도 시큰거렸다.

잡초는 뽑혔다가 다시 빠른 속도로 솟아올랐다. 밟혀도 일어서 쓰러지지 않는 잡초를 도저히 이길 수가 없었다. 마당의 잔디밭은 오래가지 않아 이름이 무색해질 정도가 되었다. '에라 모르겠다.' 하고 쳐다보지도 않았다. 자존심이 상했지만 포기할 수밖에 없었다.

뜰을 외면한 채 바삐 살다가 밖으로 나가던 봄날. 오랜만에 잔디밭을 보게 되었다. 놀라웠다. 잔디밭에 노란 민들레, 돌 틈 사이의 보랏빛 제비꽃, 화단의 하얀 수선화. 노랑, 보라, 하얀 색깔의 꽃들이 바람에 흔들리며 수를 놓고 있었다. 나도 모르게 꽃들에 다가갔다. 내가 심지 않았다는 이유 하나만으로 잡초라는 오명을 씌운 것이 미안했다. 나의 편견으로 죄 없는 풀이 이런 수난을 당했다니. 매몰차게 내리쳤던 호미질이 나에게나 풀에게 손톱만큼도 도움이 되지 못했다.

잡초라 생각했던 꽃들과 갑자기 화해하고 싶었다. 잔디밭의 잡초를 더 이상 뽑지 않고 적당하게 깎아만 주기로 했다. 잡초와 잔디를 '이편저편' 하지 말고 함께하면 한 폭의 그림 같은 뜰을 볼 수 있지 않은가. 여태껏 나는 뜰에 내가 좋아하는 것은 물도 주고 양분도 주고 애지중지 아끼면서 그렇지 못한 것은 천덕꾸러기처럼 잡아 뜯어내며 내동댕이쳐왔다.

뜰을 꼭 잔디로만 하는 게 좋은 것인가. 내가 심지 않은 것은 모두 잡초이려니. 잔디도 생명력이 강하고, 골칫거리로 여기는 잡초도 생명력이 강하다. 그 안의 숨겨진 미소와 지혜를 찾아 서로 조화롭게 어울리면 그게 바로 천국이 아니던가. 뜰에 자라고 있는 풀은 하나하나 바라다보면 모두 귀하고 사랑스런 존재이다.

선비막풀이 담벼락에 찰싹 달라붙어 있다. 그 숨결을 음미해본다.

한 점 바람에 살랑이는 잎사귀가 담벼락 틈바구니에서 초록빛으로 채색한다. 생명의 끈질긴 여정은 쉼이 없다. 뿌리 뽑힌 잡초를 걱정하는 이는 아무도 없다. 허탈한 마음이 들어도 소용없다.

학교에서 아이들을 가르치면서 잔디밭의 잡초처럼 대한 학생은 없었는지 오늘에 와 뒤돌아본다. 나의 눈높이에서 그들의 약점만을 들춰내며 닦달해왔는지 모르겠다. 과연 나도 누군가에게 뜰의 잡초처럼 보이지 아니했을까.

살다 보면 누군가에게 잡초 같은 이름 없는 풀일 수 있지만 언젠가는 소중한 존재로 다가올지도 모른다. 땅을 끌어안고 하늘을 향해 꼿꼿이 솟아나는 잡초, 내가 좋으면 잡초도 꽃이다. 누가 뭐라고 해도 힘들어도 꿋꿋이 이겨내는 일은 가치가 있는 것이 아닐까.

뜰에서 배운다.

그녀 효영이

봄 햇살이 마당 깊이 스며들었다. 잔디밭에 앉아 잡초를 뽑고 나니 노곤하다. 저녁 식사를 마치고 소파에 누워 있는데 전화벨 소리가 울린다.

"언니, 오늘도 잘 놀았쑤? 퇴근하는데 별이 너무 아름다워. 언니. 굿밤. 싸랑해."

오페라 가수 레굴라 뮈흘만 같은 고음의 목소리. 즐거운 표정이 보이는 듯하다. 그녀는 명도암 마을 전원주택으로 이사 온 후 알게 된 이웃이다. 키만 크다면 실버 모델에 도전하고 싶다고 할 정도로 쾌활하다. 길에서 마주치면 먼저 인사를 하고 말을 걸어온다.

어느 날, 전화를 하다가 흥분된 목소리로 나무란다.

"언니, 효영 씨가 뭐야. 효영아 해야지."

그 말이 내 마음을 두드린다. 그렇게 순식간에 언니 동생인 자매가 되고 만다.

몇 년 전 암으로 투병하던 남편을 하늘로 보내고 그녀는 많이 힘들어했다. 생전에 만나보지는 못했지만, 인자하고 훌륭하신 분이라고 들었다. 산부인과 의사인 그는 생명 하나하나 존엄하다며 뜰의 풀 한 포기도 벌레 한 마리도 함부로 다루지 않았다. 나무가 지붕을 넘어도 자르지 않아 숲속의 집처럼 자연 그대로였다. 동네 사람들은 그것을 이해하지 못해 비웃었고 그 부부는 물에 뜬 기름같이 어울리지 못했다.

어느 날 우연히 그녀 집을 찾았다. 여전히 마당에는 풀이 무성하고 현관으로 통하는 길만 빼꼼했다. 남편이 세상을 떠난 후 정글처럼 어둠이 내린 집에는 그의 그림자가 깔려 있었다.

현관문을 열고 들어서니 거실 벽이 온통 남편 사진으로 빽빽하게 도배되어 있었다. 그녀는 당황해하는 내게 미소를 지으며 사진 속 남편과 추억을 먹고, 자고, 쓰다듬으며 사랑하고 있노라 했다. 영혼과 마주하고 있는 듯 작은 목소리로 읊조린다.

"당신은 최고의 남편이었어."

눈을 지그시 감는다. 어두운 불빛 속에 침묵의 순간이 흐른다. 남편과의 추억을 회상하는 듯 영화필름 넘기듯 이야기가 이어진다.

몇 달 후 친척의 권유로 그녀의 아들이 포클레인을 몰고 왔다. 현관 앞의 벚나무와 단풍나무 한 그루씩만 남기고 모조리 베어내고 뜰을 정리했다. 그녀는 그런 뜰을 보기가 힘들어 집에 나흘이나 머무르지 않았다. 그늘이 사라진 창문과 현관에는 햇살이 폭죽처럼 쏟아지고 집이 다시 살아났다.

한동안 뜸하다가 그녀가 우리 집에 왔다. 화장기 없는 얼굴이 생기가 넘치고 더 젊어 보였다. 남편을 보내지 못한 긴 터널에서 벗어났다며 생동감이 넘친다. 갑자기 핸드폰의 메들리 댄스곡을 틀더니 온몸을 흔들어가며 춤을 춘다. 베란다가 순식간에 무도회장이 되고 댄스에 빠진 그녀가 무척 행복해 보인다.

눈이 펄펄 내리는 날, 밤늦게 전화가 왔다.

"언니, 자고 있어? 언니 주려고 설렁탕이랑 군고구마 샀어."

그 밤에 나를 위해 온다는 소리에 가슴이 뭉클했다. 호들갑스럽게 집에 들어선 그녀가 포장된 음식을 풀었다. 군고구마가 아직 따뜻했다. 껍질을 벗기고 노란 속살을 한입 베어 물었다. 달콤한 맛이 온 마음에 번지며 목성균의 「행복한 고구마」가 떠올랐다.

다음 날 아침, 설렁탕을 데워 먹는데도 그녀가 떠올랐다. 마치 리히텐슈타인의 그림 〈행복한 눈물〉 속의 여인이라 할까. 이별의 아픈 상처를 치유 받고 어둠에서 벗어난 설렘과 기쁨을 맛보는 듯했다.

음식은 맛보다 더 중요한 것이 만드는 이의 정성과 사랑이다. 혼자 아침밥을 먹을 효영이를 위해 반찬을 만들었다. 애호박전과 궁중닭찜이다. 애호박은 통썰기를 하고, 소금으로 살짝 간을 한 후, 물기를 뺀다. 가운데를 둥글게 파낸 후, 양념한 소고기를 넣는다. 밀가루, 달걀물 순서로 옷을 입히고 홍고추 고명을 얹으니 꽃이 핀다. 팬에 기름을 두르고 앞뒤로 노릇노릇하게 부치면 말캉하면서도 달큰한 애호박전이 된다.

궁중닭찜도 준비한다. 닭고기에 향신채를 넣고 푹 삶은 후, 살만 발라내 양념을 한다. 여러 종류의 버섯을 채썰어 소금, 참기름 양념을 하고 볶는다. 닭고기와 볶은 버섯을 육수에 넣고 끓이다가 녹말가루와 달걀을 풀어 걸쭉하게 되도록 익히면 보양 음식, 궁중닭찜이 된다. 그것을 먹으며 홍조를 띨 그녀의 모습에 땀 흘린 이마가 먼저 웃는다.

아침 식사 전에 주려고 마음이 바빴지만 최상의 정성과 사랑을 쏟으며 만들었다. 접시에 당귀 잎사귀로 플레이팅한 후 호박전을 돌려 담았다. 꽃그림 뚝배기에 닭찜을 넣고 하트 스티커를 붙여 포장을 했더니 음식 선물로 손색이 없다. 5분 후에 반찬 배달을 할 테니 문을 열어 놓으라 전화를 했다.

"언니 정성이야."

가방 안을 들여다보더니 눈시울을 붉히면서 과자 봉지를 내민다.

"언니, 너무너무 고마워. 이거 언니 까까야. 내가 엄청 좋아하는 건데."

'까까'는 땅콩강정이었다. 그 단어가 생경스럽지만 잊고 있던 나의 어린 시절로 잠시 되돌아가게 했다. 눈알처럼 동그란 눈깔사탕, 매콤한 생강향이 나는 생강과자, 고소하고 바삭바삭한 꽈배기. 내가 좋아했던 추억의 과자들이다.

집에 오자 다시 전화벨이 울린다. 하이톤 목소리로 감탄사를 쏟아낸다.

"어쩜! 언니, 감각이 살아 있네요. 아, 먹기 아까워라."

폭풍 같은 칭찬이 이어진다.

"완전 맛있다. 내가 무슨 복을 가졌기에 이런 호사를 누리냐. 언니, 정말 싸랑해."

나이를 잊고 순수한 영혼과 사랑을 간직한 채 살고 있는 효영이다운 찬사다. 이럴 때 내 나이 시계도 거꾸로 돌아간다.

봄바람이 살랑인다. 오늘도 올레길의 싱그러운 바닷물빛을 보며 남편과 함께 걷고 있다. 땅콩강정을 바삭 깨물 때마다 "언니, 까까 맛있지?" 효영이의 간드러진 목소리가 발걸음을 따라 웃고 있다.

보목리 솟대

바다 윤슬이 햇빛 가루를 뿌린 듯 눈부시다. 파도는 검은 바위에 부딪히며 밀려났다가 들기를 반복하고 있다. 바닷가에 서니 비릿한 냄새와 끈적한 바람이 달려든다. 포구에 닻을 내린 작은 배들은 긴 오수에 젖고 도대불*만 외롭게 서 있다.

해안선이 섶섬 양옆으로 선명하게 들어온다. 드넓게 펼쳐진 하늘과 바다, 모두 수평이다. 은밀한 만남의 수평선을 건너고 싶은 보목포구가 시 한 편을 붙들고 있다. 왜 하필 시인가? 응시할수록 '한라산 소주'에 자리물회 한 그릇을 즐겼던 시인의 모습이 물그림자로 번진다.

희뿌연 달빛이 창호지문을 뚫고 방구석에 내려앉는다. 시인은 외롭게 틀어박혀 앉은뱅이 밥상 위에 노트를 끌어다 시를 쓴다.

* 도대불 : 등명대, 현대식 등대가 도입하기 전 제주의 민간 등대.

떨어져 다시는
오지 않는 것이 있다.

허구한 날
바람은 불고

모든 흔들리는 것들이
흔들리며 있는 동안은

떨어져 다시는
오지 않는 것이 있다.

한기팔 시인의 시「꽃」이다. 그리움의 표현이었을까. 꽃이 그립고 사람이 그립고 누군가를 간절히 생각하며 시향에 온몸을 적신다.

겉보리 몇 됫박 주고 산 누런 마분지 포켓 시집은 그의 첫 연인이었다. 바닷가 언덕이나 학교 뒷동산에서 내밀하게 연인을 만난다. 얼굴에 내려앉은 햇살과 바람을 어루만지며 가녀린 풀잎에게 속삭이듯 읊는다. 연인의 마음 하나 품어 안으면 어머니 숨결같이 포근했다.

서쪽 고근산 하늘의 별 하나, 북망산인 그 산을 기어오를 때면 얼굴도 모르는 아버지를 만난 듯 꺼이꺼이 울며 눈물을 훔치곤 했다. 얼마나 아버지가 그리웠을까. 나른한 봄날에 들꽃을 뜯어 아버지 무덤에 뿌리면서 빙빙 돌며 놀았다 하니, 어린 시절 상여 소리는 외로움의 시어가 되었으리라.

바닷가 물떼새 소리는 밤마다 그의 잠을 깨웠다. 종가의 유복자로 태어난 그는 아버지 부재의 그리움을 서귀포, 보목리, 마라도에 풀어 놓는다. 서정주와 박목월을 사제지간으로 만나고 박용래를 형님으로 만난다. 큰 바위 같은 그들과의 만남은 큰 행운이었다. 꽃잎 같은 몸짓으로 그들은 그에게 큰 울림이 되며 시향을 불러냈다. 멀리 떠난 해녀 어머니가 그리울 때면 바다의 젖가슴을 빨며 자리돔 건지듯 시어를 낚았다.

그는 모 호텔의 미당 화갑 시화전에서 N 시인을 첫 대면한다. 전생의 인연이었는가. 만난 순간 사랑하는 사람처럼 서로 끌렸다. 부드러운 목소리, 엷은 미소가 온몸을 휘감으며 코트 속의 체화된 숨은 언어가 튀어나올 것만 같았다. 그날 이후 두 사람은 30년 넘게 시의 세상에서 곰국처럼 진득한 도반으로 함께해왔다. 한라산 영실, 전라도와 충청도, 몽골 들판, 오키나와, 러시아로 함께 다니며 시의 향훈에 흠뻑 젖었다.

가슴속에 담아둔 시구에 대한 생각과 의견은 열 살을 뛰어넘는 나이와도 상관이 없었다. 시를 출산하면 서로 소금기에 절인 생각을 꺼내 풀어 헹구면서 온몸에 촉수를 맞춘다. 거나하게 탁주 잔을 기울이는 날은 보목리 바닷가에 시심을 뿌리며 열무 겉절이 버무리듯 정을 나눈다. 보목리 마을도 바다도 술에 취해 출렁거리며 덩달아 얼큰하게 노을에 물든다.

때가 되면 꽃을 피우듯 구정 다음 날, N 시인은 어김없이 서귀포 보목리로 길을 나섰다. 그도 N 시인을 기다린다. N 시인이 집을 방문해 세배를 올리면 떡국 상이 차려진다.

시인의 아내가 정성을 다한 상차림, 한 편의 시다. 국물에 가래떡을 넣고 고명을 얹으니 오색 꽃으로 피어난다. 가래떡에 담긴 가락과 리듬은 내재율이다. 술안주로 여러 가지 전과 적, 나물로 차려낸 상차림은 대화의 물꼬를 트는 데 수라상이 부럽지 않다. 미각을 파고드는 그 맛은 어디에 내놓아도 손색이 없다. 감칠맛이 입안에 스며들며 뭉그러진 살점은 육화되어 몸에 좋은 영양으로 풍겨 나온다.

매화꽃이 다 떨어진 따스한 봄날, 경적이 들려왔다. 교통사고를 크게 당해 시인은 의식을 잃고 식물인간이 되어버렸다. 평생 스스로 "시로 영혼과의 모험을 했노라"던 그는 한마디 말도 없이 스르르 가라앉고 말았다.

저녁노을이 내린 보목포구에 섶섬을 껴안은 물비늘이 반짝인다. 바닷속으로 흐르는 불빛이 한숨과 눈물의 몸짓을 짓누른다. 뼛속까지 들어찬 울음을 쏟아내려고 해도 이젠 울 수조차 없다. 은빛 머리 나부끼는 억새꽃이 날아간 자리가 꺼질 듯하다. 그의 미학적 에스프리가 뇌리에 박힌다. 밤바다에 띄운 시심을 섶섬의 봉머리에 적바림해둔다. 시의 바다에 흠뻑 젖은 보목리 솟대, 서쪽 하늘로 날아가며 날갯짓한다.

초록이 온다

색이 집 안으로 흐른다. 푸른 하늘빛, 흰색 구름 조각들과 그 아래 펼쳐진 짙은 녹색의 삼나무들. 드넓은 허공을 채색하며 꽃의 향기에 젖어 스며들고 있다.

지난해 분양받은 알로에베라에 꽃망울이 맺혔다. 학처럼 길쭉한 몸매를 갖춘 푸른 꽃대가 물오른 잎사귀를 비집고 점점 솟아오르더니 꽃을 피웠다. 아래쪽부터 위로 올라가며 피더니 노르스름하게 핀 모습이 바나나가 달린 듯하다. 잠시 그꽃에게로 눈을 맞추니 지나온 시간이 스쳐 지나간다. 꽃을 피우려고 태胎의 입덧과 진통을 흙 자궁에서 참아내며 뿌리 탯줄로 잉태기 씨앗을 품고 있었나 보다. 가슴이 뜨거워진다.

겨우내 움츠렸던 땅은 생명의 기운으로 꿈틀거린다. 어깨를 펴려고 긴 호흡을 쏟아내며 잠든 사람의 숨결을 깨우듯 서서히 몸을 열고 있다. 그늘진 마당은 싱그러운 흙 내음으로 코끝을 간질인다. 정지 화면

처럼 스러졌던 잡초에도 광합성이 일어나고 있다. 마을 돌담 너머 보리밭이 바람에 일렁이며 봄의 색깔로 넘실거린다.

어렸을 적 동네 친구들과 보리밭을 밟던 장면이 지나간다. 겨울 끝자락의 꽃샘바람은 여린 싹들에게 덮친 고통으로 물러설 수 없는 시련이었다. 언 땅을 뚫고 움튼 보리 싹을 우리는 밟고 또 밟았다. 보리밭은 물결치듯 도미노처럼 쓰러졌지만 다시금 푸른 보리를 눈부시게 키워냈다. 기다림 끝에 피워낼 황금 보리를 그려보며 가곡 〈보리밭〉을 부르고 돌아보니 아무도 보이지 않는다.

얼마 전 『색의 인문학』에서 초록이 주는 감성의 양면성을 읽었다. 초록은 자연을 드러내고, 평화와 희망을 주는 색인 줄만 알았다. 불안정하고 악령의 색이었다니 놀라웠다. 시대에 따라 혹은 문화적으로 다를 수 있겠지만 한때 서구에서는 초록색을 경멸했다. 파랑과 노랑이 혼합된 중간색인 초록. 순수하지도 불순하지도 않은 불안정한 색이어서 화가 몬드리안도 작품 활동에서 초록색을 쓰지 않았다고 한다. 두려움과 불신을 의미해 하인과 광대들만이 입었던 색으로 냉대를 받았다니 아이러니하다.

초록이 부는 바람은 거세다. 그것은 시공을 넘나들고 있다. 녹색 교실, 신호등의 초록 불. 길거리의 휴지통까지 초록으로 칠하고 있다. 희망과 평화를 추구하고자 루도비코 라자로 자멘호프가 창안한 국제공통어인 에스페란토 국기도 초록이다. 행운의 상징인 클로버 배지도 초록이 아닌가. 장석주 시인도 '초록은 잿빛 죽음에서 다시 태어나는 색'이라고 쓰고 있다. 속내를 감추고 정직한 색이 아니어도 혼란스럽고 후미진 곳곳에 '모두 초록, 초록'을 외치는 세상에 서 있다.

자연 속의 초록은 어느 것 하나 아름답지 않은 것이 없다. 새순, 새싹의 초록만큼 첫사랑처럼 가슴을 설레게 하는 것이 또 있을까. 그에 취해 시내에서 떨어진 명도암으로 이사를 했다. 햇볕이 쏟아지는 텃밭이 있고, 사계절 푸르름에 둘러싸인 이곳은 초록으로 출렁거린다. 나는 때때로 이 색의 물결에 푹 빠지고 만다.

4월이면 절물자연휴양림의 너나들이길을 걷고, 텃밭의 초록을 매만지며 비움을 배워간다. 초록의 파동은 희망의 마법에 걸리게 한다. 초록이 주는 이미지에 닿지 못하지만 움츠리지 않고 환희의 에너지를 뿜어내며 살아가고 싶다. 초록이 사그라드는 나이에 접어들고 보니 갓 돋아나는 잡초 하나에도 애정이 간다. 칡넝쿨이나 마당의 잔디도 친구 같은 따뜻한 정을 느낀다.

세월을 거꾸로 달리는 마차를 타고 싶은 마음에 울창한 숲을 걷고 푸른 나물로 식탁을 차린다. 흰 눈雪을 뒤집고 파르르 떨며 일어선 냉이와 달래, 시금치 이파리에 바스락 소리가 나며 초록 바람이 인다. 식탁은 푸른 텃밭이 된다. 냉잇국, 달래 무침, 시금치나물은 나의 거친 손마디에 담긴 정성으로 꽃을 피운다. 음식을 만드는 동안 초록의 전류가 혈액을 타고 흐른다. 입안에 넣으니 초록의 맛과 향이 뇌까지 전해진다.

음양오행의 색깔에 따른 오미五味가 유희하며 식도를 거치고 위와 장을 건너 몸 전체를 훑는다. 봄나물 향기와 쌉싸름한 맛을 새콤달콤하게 무쳐 밥상에 올린다. 겨울 한기로 움츠렸던 간肝의 피로가 달아나는 듯하다. 몸과 마음이 고요하다.

아침마다 마주하는 초록은 청춘의 색으로 다가온다. 마을에서 본 초록을 흑고래처럼 잇달아 삼킨다. 색은 자연에게 신이 내린 의상이며, 죽음은 영혼의 의상을 벗어버리는 일이라고 누가 말했던가. 초록의 의상을 벗어 던지는 날까지 젊음의 색을 향유하고 싶다. 오늘도 나는 초록 지붕 아래에서 초록빛 매생잇국을 끓인다.

5부

춤추는 여름 식탁

신을 위한 잔치

섬에 바람이 철썩거린다. 바람은 바다에 발이 묶인 섬 제주를 마녀처럼 훑는다. 매해 음력 2월이면 바람의 여신 영등이 일만 팔천 신의 고향으로 찾아온다. 떠나올 적 며느리를 데리고 왔는지 싸늘한 한기가 가슴속을 파고든다.

별도봉 건들개포구가 들썩인다. 칠머리당이 있는 별도봉에는 영등할망을 본국으로 보내려는 굿 축제가 후끈하다. '영등굿 송별제'라는 현수막이 휘날리고 축제를 즐기려는 인파로 북적인다. 국수 삶는 연기가 피어오르고 따뜻한 차를 대접받고 보니 잔칫집에 들어선 분위기다. 구경꾼들이 이곳저곳에서 그 장면을 남기려 카메라를 터트린다.

바다를 등진 소나무로 둘러싸인 넓고 평평한 굿 마당에는 병풍 위로 일곱 신위들이 모셔져 있다. 깃발 꼭대기에 굿 축제를 알리는 당기를 달고 신을 굿판으로 이끄는 오색 색지 기메도 매달았다. 신들을 모신 제상祭床은 해녀와 선주들이 진설한 제물로 가득하다. 화려하고 강

렬한 색채에서 신성함이 묻어난다.

갓을 쓰고 붉은 관복을 갖춘 큰 심방이 제장에 들어선다. 제상을 마주하는 심방 얼굴에 섬뜩한 광채가 번득인다. 보조 심방인 한복 차림 소미들이 좌우로 나누어 북과 설쇠 그리고 대영을 두드리며 무악巫樂을 울린다. 북 치는 소미마다 그 모습이 사뭇 다르다. 조용한 몸짓으로 어루만지듯 물결치는 파도처럼 정열적으로 리드미컬하게 무구巫具를 다뤄나간다.

신 자리에 선 심방이 각 신위마다 삼배를 올리고 신에게 굿의 연유를 알리는 '초감제'가 시작된다. 소미들의 장단에 맞추어 신칼을 어깨너머로 흔들어가며 춤을 춘다. 서천 꽃밭에 춤추는 한 마리 나비 같다. 요령을 흔들며 굵은 목소리로 마당을 적시며 굿의 시작을 고한다.

"에~ 상궤문 중궤문 하궤문 열립네다."

요란한 도량 춤과 굿거리 장단 가락으로 장삼 자락을 휘날리며 신궁神宮의 문을 열어젖힌다. 굿판에 모인 해녀들 얼굴에 낯꽃이 핀다. 오방색 기메도 바람에 흩날린다. 심방은 신칼과 댓가지를 들고 엽전 모양의 천문을 던지며 사설을 읊으려 한다. 이승과 저승을 넘나드는 해녀의 삶을 읊으려는 것일까. 손바닥에 소금으로 절인 문장을 건져 올리려는 것인가. 힘들 때면 느린 가락으로, 신명이 나면 빠른 가락으로 읊는다. 굽이굽이 넘어오던 주름진 세월이 심금을 울리며 허공으로 날아간다.

초감제의 말미인 신을 즐겁게 놀리는 '석살림'이 이어진다. 심방은 향촉을 올리고 선계에 닿을 듯 덕담을 흥건하게 풀어낸다.

"바당도 풍년 되게 하고~오, 잠수 해녀들 혼나게도 말고~오!"

제장祭場의 한마당을 덩실덩실 어깨춤으로 흥겹게 이끌어간다. 춤판은 굿거리장단 서우젯소리를 심방의 선창에 이어 해녀들의 후렴으로 메기고 받는다. 바닷바람도 은밀하게 솔가지를 흔들며 감긴다. 무악이 별도봉 자락을 넘어 해안선을 구성지게 달구며 퍼져나간다.

초감제가 끝나고 '요왕맞이'가 시작된다. 요왕맞이는 만상의 풍요를 기원하는 영등굿의 대미다. 으뜸이 되는 소미가 머리에 흰 송낙을 쓰고 나선다. 대영을 들고 서서 대목마다 두드리며 풀어내는 사설이 절절하다. 사연 없는 사람이 어디 있으며 상처 없는 영혼이 어디 있으랴. 소미와 해녀의 굴곡진 애환이 겹치면서 눈물이 뺨을 타고 흐른다.

"우리 어멍 날 날 적에 이렇게 물질 허멍 못 견디게 살라고 낳으셨는가? 이렇게 물질 아니해도 살건마는 망사리와 테왁 배에 짊어서 작은 빗창 옆에 차고 저 바다로 헤엄쳐 가려고 하면……."

어우렁더우렁 남들처럼 살고 싶은 소망이 왜 없었겠는가. 뼛골이 닳도록 모진 풍파를 안고 생을 견뎌낸 순간들이 밀물져 온다. 설움을 얹은 통곡으로 한풀이라도 하고 나면 무겁던 어깨가 가벼워질까. 삶과 죽음의 경계를 넘나들며 파도에 쓴 사연들이 사라질까. 숨비소리가 수면 위로 달처럼 떠오른다.

바람의 기척에 어린 시절 기억을 더듬는다. 뒷방에서 해녀로 살았던 향임이 고모, 틀니 뺀 주름지고 검게 탄 얼굴에 짙은 비애가 묻어 있었다. 그녀의 머리카락은 마른 날이 없이 언제나 짭조름한 바다 냄새를 풍겼다. 할 수 있는 일이 물질이라 그녀는 10대 후반부터 바다에 드는 것을 배운 상군 해녀였다. 알코올중독자인 남편은 속을 썩이다가 간경화로 세상을 먼저 등지고 말았다. 홀로 된 친정어머니를 모시면서 아들 셋을 굶기지 않으려고 혼백 상자를 등에 지고 거친 파도에도 자맥질을 했다. 수압으로 생긴 두통으로 뇌선을 달고 살면서도 테왁에 의지하며 억척스럽게 참아 이겨냈다. 짜디짠 바다의 돈은 자식의 밥이 되고 남편의 술이 되었다. 상처 난 굳은살이 이보다 더 애잔할까.

파도처럼 출렁이던 해녀의 삶이 물마루에서 통증으로 이랑져 온다. 허리에 무거운 납덩이를 달고 물속으로 가라앉았던 세월을 바다는 기억할까. 가난의 꼬리표를 떼려던 시간이 심방의 사설 속으로 파고든다.

"바다에 들 때는 한 빛깔이지만 나올 때는 천 칭, 만 칭, 구만 칭."

웃자란 욕망의 숨을 넘어서는 순간 무덤이 되고 마는 바다! 탐욕을 버리고 비우라 한다. 늘어진 목젖에 한숨을 쉬고 나니 뭍으로 떠나려는 뱃고동이 울린다.

굿판은 끝장으로 치닫으며 '요왕질침'이 이어진다. 도포자락을 날리며 등장한 큰심방은 호기로운 기색에 여유로움이 묻어난다. 영등 신이 떠날 시간. 멩탱이의 좁쌀을 돗자리에 뿌리며 풍어를 기원하는 씨드림이 시작된다.

"미역 씨 뿌렴수다. 소라 전복 문어 씨 뿌렴수다."

심방은 흩어진 모양으로 한 해 어채의 풍흉 점을 친다. "올해는 풍작" 소리에 해녀들이 씨점을 치마폭에 주워 담는다. 요란한 장단에 맞춰 "아 ~양 어~어양" 흥겨운 노랫소리로 어깨를 들썩이며 빙글빙글 돌며 춤을 춘다. 열 길 물 속 드나들던 테왁과 빗창이 바다에 출렁이는 듯 오늘만은 외롭지도 고단하지도 않다. 산다는 것은 무엇인가. 어쩌면 삶의 생채기를 끌어안고 참아내는 일인지도 모르겠다.

풍어를 기원하는 영감 신을 청해 모신다. 짚 모자와 검은 두루마기 복장의 영감 신은 종이 탈을 쓰고 곰방대를 물고 횃불을 들고 나온다. 돼지고기를 들고 흠, 흠 콧소리를 하는 우스꽝스런 모습에 관객들이 폭소를 터트린다. 영감 신이 어깨의 짚배를 내려놓고 "자, 이제 떠나자." 큰 소리로 외치며 배방선을 띄운다.

돛을 단 배방선이 순풍에 돛을 단 듯 두둥실 떠오른 영등 꽃봉오리가 미끄러져 나간다. 외눈박이 거인들에게 죽임을 당했어도 살아오신 영등할망. 보드라운 명주바람이 영등을 호위하고 너울대며 먼 바다로 나아간다. 새로운 생명의 씨앗을 뿌리면서 봄을 재촉하듯 파도를 타고 떠나간다. 물결에 세찬 영등바람 맞으며 산 세월이 넘실대며 지나간다.

신을 위한 잔치는 끝이 났다. 배방선이 멀어지며 건들개포구의 하루도 저물어간다. 보름 동안 짙은 안개에 감싸였던 섬이 한 겹 한 겹 벗겨진다. 찬 바람이 코끝을 간질이며 바다 내음이 풋풋하다. 바람 불던 섬에 풍요로운 환희의 꽃이 핀다. 해녀들의 숨찬 숨비소리가 들려온다.

배추가 수영하고 있어요

여름 끝자락. 가을장마가 하루 종일 퍼붓기도 하고 주룩주룩 변덕을 부리면서 한 달 내내 이어졌다. 어쩌다 비가 멈추고 낮게 뜬 회색 구름으로나마 하늘이 잠시 인심을 쓰는 척하는 날이면 마음이 바빠졌다. 제비도 어디서 날아왔는지 나무에 앉아 한참 재잘거렸다.

깻잎. 상추, 호박, 가지, 고추로 식탁을 채워 여름 입맛을 깨워준 텃밭. 잎과 줄기는 말라버리고 잡초만 무성했다. 가을 채비를 하려고 뭉개지고 쓰러져가는 들깻잎과 상추를 뽑아냈다. 감나무를 타고 올라갔던 무성한 호박 줄기도 호미로 걷어냈다. 넝쿨 속에 큰 호박이 새끼 한 마리 달고 나왔다. 뜻밖의 횡재였다. 따지 못한 붉은 고추는 병이 들어 신음하고 있었다. 가짓대와 고춧대를 뽑고 남은 것들을 정리했다. 쇠스랑으로 땅을 파고 퇴비를 뿌리고 나니 땅의 기운이 솟는 듯했다. 그 위에 쪽파와 감자를 심고, 무, 상추, 시금치 씨를 뿌렸다. 두세 시간 정도 텃밭에서 씨름하고 나니 온몸에 땀범벅이 되었다.

잠시 숨을 몰아쉬고 앉아 쉬고 있었다. 그때 나를 부르는 소리가 들렸다.

"오 선생님, 오 선생님."

목청이 높게 올라갔다. 인심이 후한 이웃집 순자 여사였다. 꽃무늬 모자를 쓴 얼굴에 입꼬리를 올리며 손에 들고 온 것을 내밀었다.

"추석 선물 가져왓수다. 배추 모종 마씸. 잘 키웁써."

작은 포트에서 이제 막 새끼손가락 길이만큼 올라온 배춧잎은 연둣빛으로 고왔다. 70구가 넘는 배추 모종이 소복이 담겨 있었다. 고맙다는 말이 끝나기도 전에 다른 집도 분양해주어야 한다며 바삐 뒤돌아 갔다. 모종 바구니를 들고 잰걸음을 옮기는 그녀의 등 뒤로 햇살이 쏟아졌다. 포트에 씨앗을 한 알씩 넣고 아기 돌보듯 키워 이 집 저 집 나누는 그녀의 손길이 따스했다.

다음 날 비닐 멀칭을 한 후, 호미로 구멍을 파 잎을 다치지 않게 땅에 심고 흙을 덮었다. 뿌리를 내리려면 얼마간 몸살을 할 것이다. 톡톡 손으로 흙을 눌러주고 물을 뿌렸다. 며칠 밤 자고 나니 잎이 기운차게 자라 하늘을 향해 벌어지고 있었다. 여린 줄기도 튼튼해지고 색도 짙어졌다. 뿌리 내린 것이 기특해 오래 들여다보았다.

맑은 하늘에 흩어졌던 먹구름들이 모이고 후덥지근하더니 태풍이 몰려왔다. 제주를 강타한 5등급 초속 55미터의 슈퍼태풍 '찬투'의 위력은 대단했다. 태풍이 독수리 같은 눈을 부라리며 비바람으로 세상을 휘둘렀다. 우박처럼 굵은 빗줄기, 세찬 바람이 사정없이 휘몰아쳤다. 태풍의 무서운 위세에 새벽녘마다 들리던 닭 울음도 들리지 않았다.

마당의 꽃들과 뽕나무, 대추나무들은 요동을 치다 찢기고 텃밭의 작물들도 거친 숨을 내쉬었다. 태풍의 밤은 가혹했다. 밤새 잠이 오지 않았다. 사투를 벌이고 있는 창밖을 내다볼 수도 없었다. 문을 걸어 잠그고 날이 밝기만을 기다릴 수밖에 없었다. 드디어 태풍은 예상 진로 밖으로 방향을 틀고 기다란 꼬리를 감추고 물러갔지만, 엄청난 비가 쏟아졌다.

이웃집에서 카톡 문자가 왔다. “배추가 수영하고 있어요.” 우산을 쓰고 텃밭으로 한걸음에 달려갔다. 배추가 보이지 않았다. 마늘, 감자도 보이지 않았다. 지대가 낮은 굴렁진 곳이라 물이 빠져나가지 못해 흙탕물 웅덩이가 되어 있었다.

아무것도 할 수가 없었다. 허수아비가 된 채 바라볼 뿐이었다. 텃밭 고랑 사이로 물이 빠질 수 있는 곳을 물색했지만 가망 없어 보였다. 물이 빠지기를 기다리며 몇 번이고 발에 불이 나도록 텃밭을 들락거렸지만 고인 물은 움직임이 없었다. 비가 계속 내리기만 할 뿐이었다. 텃밭의 배추와 마늘, 감자도 태풍의 물벼락을 맞고 물속에서 잠금증후군 환자가 되어 있었다. 뭐라고 말할 수 없는 슬픔이 밀려왔다.

이틀 후에 날이 갰다. 활짝 열린 파란 하늘. 반가웠다. 배추밭은 형체를 알아보지 못할 정도로 흙탕물을 뒤집어쓰고, 땅은 고무처럼 딱딱하게 굳어 있었다. 배추가 살아날 것 같지 않았다. 망연히 서 있다가 배추를 세우고 잎을 들여다보았다. 물속에서 허우적거리며 견뎌낸 배춧잎을 쓰다듬고 또 쓰다듬었다. 손바닥 크기만큼 자란 배추를 포기할 수 없었다.

농협으로 가서 도움을 요청했더니 직원이 살아남기 어려울 것이라는 실망스런 답을 하면서 살균제를 한번 뿌려보라고 권했다. 살균제를 사서 설명해준 분량보다 적은 양을 물에 타서 뿌렸다. 이틀 후에 다시 살균제를 뿌렸다. 딱딱해진 땅을 호미로 긁어주고, 사카린과 막걸리로 살충제를 만들고, EM 영양제도 만들어 뿌려주었다. 유튜브에서 가을 노래를 찾아 틀어주며 힘내라고 속삭여주었다.

다음 날 텃밭으로 가봤더니 배추가 기운을 차린 듯 보였다. 땅을 단단하게 밟고 일어서려고 하고 있었다. 시들어가던 내가 다시 기운을 얻는 것만 같았다.

몇 달 전 무릎관절과 어지럼증, 갑상선항진증으로 고생한 적이 있다. 한꺼번에 밀려온 병마는 나를 꼼짝 못 하게 만들었다. 누군가의 도움 없이는 한 발짝도 내딛기가 어려웠다. 끄떡없던 내 몸이 믿을 수 없을 정도로 허물어지고 있었다. 온몸이 마비되고 유일하게 왼쪽 눈꺼풀만 움직이는 『잠수종과 나비』의 도미니크 보비가 되고 말았다. 가족에 갇히고, 시간에 갇히고, 일에 갇히고, 체면에 갇혀 거절하지 못하고 혹사하던 몸이 가련한 신호를 보내고 있었다. 나를 사랑하지 못한 탓이었다.

남편이 힘들어하는 나를 보며 내 다리를 주물러주었다. 그의 손길이 막힌 혈관을 조금씩 뚫어주는 듯했다. 편안한 기운이 온몸에 스며들었다.

머리가 복잡하고 심신이 피곤할 때면 한적하고 고요한 곳을 찾곤 한다. 그곳이 '텃밭'이다. 텃밭은 나의 굳어진 가슴을 녹이고 울음을 거두고, 묶고 있는 마디마디를 풀어준다. 물에 잠겼던 배추의 보이지 않는 힘이 내게 사랑을 불어넣고 일으켜 세운다. 그것은 남편의 손길만큼이나 다정하다. '내 손이 약손이다' 하시며 내 아픈 곳을 문질러주던 어머니의 모습이 눈에 선하다. 사람의 따뜻한 손길은 신비하게 치유력을 가지고 있는 것이 틀림없는 것 같다.

이번엔 내 손길로 배추를 일으켜 세울 차례이다. 텃밭으로 발걸음을 옮긴다.

떨켜를 읽는 아침

이른 아침 절물휴양림의 너나들이길을 느릿느릿 걷는다. 정맥 같은 길을 따라 나무들이 줄지어 있다. 오르는 길목의 바람이 스산하다. 바람은 산허리 길을 훑고 나무들을 훑는다. 소슬바람 한 줄기에 나무도 제 몸을 털어낸다. 단풍나무 이파리가 떨리는 대금 산조 자락처럼 흩날린다. 줄기마다 가지 끝에 매달렸던 잎자루 자리가 애틋하다. 푸름으로 마주했던 흔적과 이별을 하려고 떨켜가 울음으로 덮는다. 가지를 흔들던 바람이 내 마음까지 흔들고 지나간다.

바람 부는 쪽을 향해 멈춰 서 심호흡을 한다. 가슴을 펴고 숨을 마시면 태고의 공기가 몸 안으로 들어온다. 내쉬는 숨에 뭉쳐 있던 시름들이 서서히 풀려나간다. 뒤따라오던 사람들이 앞을 지르며 지나간다. 혼자서 둘이서 빠른 보폭으로 떨어지는 나뭇잎처럼 흔들거리며 걷는다. 어깨 위에 흩어지는 빛이 반짝인다. 낭랑한 새소리만 들릴 뿐 고요하다.

데크 길 바닥에 초췌한 나뭇잎들이 수북하다. 찬 바람에 바스러지는 낙엽이 궁싯거린다. 잎새의 순응이라고 할까. 눈보라 속에서도 봄을 품고 기다려야 하는 삶의 무게라고 할까. 수문장인 떨켜가 잎자루의 물오름을 닫는다. 야멸차다. 잎의 엽록소가 파괴되고 노랗게 붉게 물이 든다. 잎이 딛고 간 발자국 떨켜에서 마른 낙엽의 떨군 삶을 눈 맞춤해본다. 지난여름의 빛나던 몸짓들이 없다. 심장 깊숙이 파고든 삶의 허기가 뼛속까지 냉기로 가득하다. 저마다 살아온 날들이, 아니 살아갈 나날들이 애달프다. 바람에 찢기고 상처를 안고 살아온 낙엽의 지난 생은 어땠을까. 가지에 매달렸던 미련도 아쉬움도 모두 내려놓고 뒹굴다가 흙 속으로 스며든다.

어느 죽음이든 서글프지 않은 게 있을까. 떠나보낼 준비 없이 찾아온 이별일수록 받아들이기 쉽지 않다. 가을 햇살이 눈부시게 부려진 날, 폐암 진단을 받고 항암 치료를 해오던 친구의 부음을 들었다. 덜커덕. 셔터를 내린 것처럼 어둠이 내려앉았다. 가을 낙엽처럼 때아닌 죽음, 평온한 가슴에 구멍이 났다. 이승의 시간을 조금이나마 더 부여잡고자 했던 그녀의 울부짖음이 허망하게 무너지다니. 삶을 도둑맞은 듯 억울함이 밀려왔다.

고향이 같다는 이유로 절친하게 지냈다. 그녀는 암 진단을 받고 겁에 질려 온몸을 바들바들 떨었다. 인생을 뒤흔드는 거대한 파도 앞에 세상을 원망하며 통곡했다. 얼마나 두려웠을까. 암이라는 낯선 여정의 시작점에 서서 갑자기 중환자가 되고 웃음이 사라졌다.

느닷없이 주먹을 불끈 쥔다. 결기에 찬 목소리로 "살아야 해, 이렇게 포기하고 물러설 수 없다."며 크게 웃음을 터뜨린다. 분노와 절망은 상처만 남을 뿐, 슬퍼할 필요가 없다며 병마를 가족으로 받아들이고 환한 웃음을 짓는다. 어둠이 그녀를 향해 떨켜처럼 막을 드리워도 희망의 끈을 놓지 않았다. 항암 치료의 고비를 넘어설 때도 안도의 숨을 몰아쉬며 오히려 걱정하는 나를 위로했다. 그런 날은 친구의 얼굴에 화색이 돌면서 평화로움이 찾아들었다. 하지만 병마와의 싸움은 쉬이 끝나지 않았다. 일상의 삶과 환자의 삶이 질기게 이어질 뿐이었다. 밀물과 썰물처럼 생사가 자리바꿈하는 경계에서 나는 친구에게 아무것도 해줄 수 없었다.

암이란 생이 마감될 수 있다는 회고록이라고 했던가. 남은 시간을 붙들고 인생을 되돌아보면서 죽음까지도 보듬어 안아야 하는 것이 암이 아닐까. 꺼져가는 등불에 '지금 여기'의 허용된 준비 시간이 있음에 힘찬 기운으로 일어서리라 믿고 나는 친구의 가을을 기다렸다. 기도로 살아온 흔적을 매만지며 얼룩진 마음을 헹궈낸 곳곳마다 울림이 크다. 무엇으로 그녀의 텅 빈 자리를 채울 수 있을까. 형형색색으로 물들여 놓은 떨켜의 따뜻함만이 남는다.

친구가 떠난 빈자리가 그 어느 때보다 깊고 어둡게 물들어가고 있다. 떨켜의 몸짓도 덩달아 바빠지는 듯하다. 자신의 몸피를 아낌없이 줄이면서 떠날 준비를 서두르고 있다. 잎사귀의 간절한 몸짓이 가지 끝에서 온몸을 다해 버티고 있다. 물기 잃은 잎사귀가 떨어지지 않으려 저항하듯 몸부림친다. 마른 잎사귀가 바람 따라 산허리로 분주히 내려오고 있다. 한 잎씩 분리되어가는 낙엽에서 죽음과 이별을 생각한다. 눈으로 가슴으로 전해지는 전율이 아직 끝나지 않아 떨켜의 울음을 따라 걸음을 옮겨본다.

사위어가는 생의 끝자락에서조차 물들어가는 단풍잎이 그녀의 곡진한 마음을 대신 말해주는 듯하다. 친구는 풀잎에 맺힌 이슬이 아닌 지워지지 않는 이별이길 바랐을 테다. 그 염원이 이렇듯 깊은 메아리가 되어 남겨진 이들의 마음을 애틋하게 적시고 있다. "엄마, 기다려줘." 하며 자동차 속에서 절규하던 아들의 전화 목소리를 들었을까. 나무의 속내를 헤아리는 떨켜처럼 그녀는 긴 투병에 가족이 힘들어할까 봐 이렇게 빨리 떠난 것인지도 모르겠다. 그녀와 걸었던 너나들이길에 떨켜의 눈물만이 남았다.

슬몃 지나가는 바람이 소리를 내며 허공을 가른다. 색을 잃은 단풍잎이 바람에 흔들리며 떨어진다. 흔들림 사이로 빛들이 흩어지며 반짝인다. 온 세상이 가을이다. 낙엽이 바스락거리며 덧없이 흙으로 돌아가고 있다. 이것이 생의 아름다움이 아닐까. 봄이 오면 푸른 생명의 밑거름이 되고 닫았던 떨켜가 열리면서 차츰 무성하게 녹음이 질 것이다.

한 걸음 한 걸음 천천히 발을 옮긴다. 떨켜, 깊은 사색에 젖는다. 단풍잎이 떨켜를 두려워한다면 이토록 화려하게 채색할 수 있을까. 낙엽을 보며 내 안의 텅 빈 곳을 들여다본다. 누군가 인생은 불 꺼진 적 없는 아궁이라고 했던가. 과연 나는 냄비 속에서 무엇을 끓이며 살아왔던가. 지금 내게 주어진 것은 짧게 남겨진 늦은 오후의 시간뿐이다. 남은 삶의 냄비에 무엇을 끓일 것인가. 이 아침 떨켜의 물음을 읽는다.

춤추는 여름 식탁

마당에 서서 8월 정오의 하늘을 쳐다본다. 하늘은 빨갛다 못해 가시 돋친 빛을 내뿜는다. 주춤하던 무더위가 무색하다. 아스팔트 도로는 의식을 잃어가고 이웃집 반려견의 소리도 들리지 않는다. 오로지 매미만 늘어진 나무에서 저 혼자 즐겁게 노래한다. 매미의 하울링은 무더운 날의 청량제라고나 할까. 여름의 소리다.

갑자기 검은 구름이 몰려와 하늘을 가린다. 어둑해진 하늘에 날카로운 번개가 번쩍 섬광을 긋는다. 잠시 숨을 돌리더니 천지가 흔들리고 굉음이 쏟아진다. 어느 순간 굵은 빗금을 그으며 떨어지는 빗방울 소리가 낭자하다. 성난 비바람은 광나무 잎을 두드리고 화단의 금계국과 루드베키아를 후려친다. 텃밭 작물들은 바르르 떨며 옹골차지 않은 열매들을 내어놓는다.

다시 햇살이다. 수시로 얼굴을 바꾸는 8월, 짜릿하고 대담하면서 솔직하다. 이파리 하나 감추지 않고 모든 것을 드러낸다. 텃밭의 코끝에 스치는 더운 바람이 고소한 맛을 솔솔 풍긴다. 몸을 휘감고 있는 높은 불쾌지수를 털어내고 내 품에 뛰어들라 유혹한다.

텃밭의 빛깔을 읽는다. 살랑살랑 흙바람을 일으키며 작물들이 익어간다. 초록이던 고추는 주렁주렁 하나씩 붉은빛으로 물들고, 가지는 짙은 보랏빛으로 선명하다. 호박 넝쿨도 담장을 더듬으며 뻗어가더니 둥근 열매를 맺고 누렇게 영글어 간다.

소나기가 지나간 뒷자리에 습기가 가득하다. 습한 공기로 창문을 열까 말까 망설이다 문을 연다. 이열치열이 아니던가. 더위는 더위로 몰아내고 싶다. 기력이 소진된 남편을 일으켜준 지난여름 식탁이 불쑥 기억을 파고든다. 땀을 줄줄 흘리며 음식을 먹던 그 희열을 잊을 수 없다. 그래서 텃밭의 호박, 고추와 가지를 따 와서 조리대 앞에 섰다.

재료를 다듬고 도마와 칼을 꺼낸다. 도마에 새겨진 무수한 상처 자국. 서슬 퍼런 칼이 남긴 흔적이다. 도마 위에서 춤추는 칼의 무예는 주방 탱고라고 할까. 나의 손에서 움직이는 현란한 장단은 거룩한 먹거리를 알리는 기적소리다. 칼의 난타로 후려친 재료와 도마를 보니 한 끼의 음식에 정성을 다하지 않을 수 없다.

호박은 껍질을 벗겨 듬성듬성 썰어 끓는 물에 데쳐 호박 나물을 만든다. 보랏빛 통통한 가지는 찜통에서 쪄서 쭉쭉 찢어 양념장에 무친다. 음식을 만드는 동안 뜨거운 김이 모락모락 오르니 더위는 더해진다. 숨은 턱 막히고 구슬 같은 땀이 뺨에서 잠시 머뭇거릴 새도 없이 연신 흘러내린다.

그런데 어쩐 일인지 무더위의 불쾌감은 사라지고 나도 모르게 노래를 흥얼거리고 있다. 젓은 손이 빨라진다. 싱크대라는 도화지에 무채색 이던 시간이 오미의 빛으로 물들고 있다. 먹음직하게 만든 음식이 쾌감을 불러온다. 음식의 맛과 향이 더위로 지친 나를 다독거리고 있다.

통통한 고구마 순은 부드럽게 삶아 줄기의 껍질을 벗긴다. 쭉쭉 벗길 때면 아버지가 해주시던 등물처럼 더위로 숨 막히던 가슴에 시원한 길이 트이는 것 같다. 벗긴 고구마 순은 달군 팬에 마늘과 양파를 넣고 볶다가 들깨 가루를 듬뿍 넣어 구수한 나물을 만든다. 나의 사랑 나물 반찬이다.

향긋한 깻잎도 매콤한 양념장에 한 장씩 켜켜이 발라 깻잎 김치를 만든다. 깻잎의 독특한 맛과 향이 입맛을 돋게 해 모두가 좋아하는 최고 메뉴다. 국물은 뜨거운 국 대신 더위를 식혀줄 냉국이 안성맞춤이리라. 불린 미역에 오이를 채 썰어 멸치육수에 소금과 식초를 넣고 얼음 동동 띄워 오이 미역냉국을 만든다. 청량하고 식감이 아삭아삭하다.

기력 회복에 근육질의 고기 음식이 없어서야 되겠는가. 배를 갈아 재워둔 고기에 매콤한 풋고추와 채 썬 양파를 넣고 달달하게 볶는다. 드디어 요란한 모노드라마가 막을 내리며 주방의 불꽃은 꺼진다. 선뜻 내어놓은 텃밭 재료들로 만든 음식이 수고보다 고마움으로 다가온다. 호박꽃을 꽃병에 꽂아 식탁을 환하게 장식한다. 수라상이 부럽지 않은 더위와 입맛을 살린 여름 식탁이다.

불 앞에서 음식을 만드는 과정은 수월하지만은 않았다. 그렇지만 몸이 원하는 음식으로 입꼬리가 올라간 남편 얼굴을 보는 기쁨에 나도 다정한 미소로 답할 수 있었다. 요리 과정은 힘든 순간을 이겨내는 깨달음이다. 삶은 언제나 고통이 수반될 수밖에 없어 늘 갈등하며 아파한다. 하지만 하나의 일에 몰입하다 보면 그런 갈등을 먼지처럼 날려버릴 수 있지 않을까.

내일도 폭염이란다. 햇살은 사정없이 내리쪼이고 땅의 공기는 뜨거운 반죽처럼 무르다. 그래도 처서도 지나 태양의 고도는 점차 낮아지고 텃밭 그림자는 길어지고 있다. 상추쌈 냄새로 더운 땀 씻어내다 보면 날빛도 고개를 숙일 것이다. 정열 속에 머물던 여름이 바람에 흔들거리며 춤을 춘다. 시원한 바람 한 줌이 부드럽게 살갗을 적신다.

나의 소울푸드, 양하

담벼락 그늘, 양하잎이 살랑인다. 푸른 잎이 가을비에 젖어 더위로 메말랐던 땅에 청량감을 준다. 초록 빛깔을 보는 것만으로도 축 늘어졌던 가슴이 힘을 얻는다. 베란다에 턱을 괴고 앉아 양하잎을 본다. 흘러간 옛 정경이 망막에 맺힌다.

초가집 처마 뒤쪽 그늘에 심었던 양하. 제주에서는 양하를 양애라 불렀다. 봄철에 곧게 올라온 양애 새순을 베어다 거친 겉껍질을 벗기고 끓는 물에 데쳐 나물로 먹거나 된장국을 끓여 먹었다. 초가을이면 양애깐이라는 자줏빛 꽃봉오리가 솟아 나왔다. 양애깐을 따다가 장아찌를 담그거나 나물 반찬을 만들면 맛이 독특했다. 양하잎을 따서 시루 구멍을 막기도 하고 밭에 갈 때 된장이나 젓갈 반찬을 덮기도 했다. 추운 겨울이면 누런 이파리 사이로 보이는 검은 열매 씨앗, 손바닥에 올려놓고 이리저리 굴리며 보고 또 보았던 기억이 난다.

추석 명절에 친지들을 만나면 맛있는 음식을 먹고 웃음꽃을 피웠다.

보름달처럼 넉넉하고 풍성했다. 그래서 '더도 말고 덜도 말고 한가위만 같아라' 했는가. 집안 종손인 아버지를 따라 아침부터 친척네 집을 하루 종일 돌아다녔다. 차례상에는 옥돔으로 갱(국)을 끓이고 나물 반찬은 시절 음식으로 차렸는데 아이들이 싫어하는 음식이 올려졌다. 양애깐 탕쉬였다. 양애깐 탕쉬는 꽃이 피기 전 붉은 보랏빛이 도는 봉오리를 따다 끓는 물에 데쳐 만든 꽃나물 반찬이다. 쌉쌀한 향과 특유의 냄새는 삶의 응어리진 가슴을 풀어주고 마음을 차분하게 해주는 데 안성맞춤이었다. 그렇지만 잘 씹히지 않는 질강질강한 섬유질과 진한 향으로 아이들 입맛을 당기지는 못했다. 오로지 어른들의 차지였다. 양하는 향이 진해서 마늘이나 파 같은 양념을 쓰지 않고 참깨와 참기름만으로 맛을 냈다.

마당 한쪽 구석 심은 양하, 꽃말이 '건망증'이라니 색다르다. 이에 관한 전설에서 삶의 깨우침을 읽는다. 석가모니 제자 중에 '반특'이라는 제자가 있었는데, 무슨 일인지 잘 잊어버리는 경우가 많았다. 어쩌다 이름조차 잊어버려 패까지 만들어 목에 걸어주었다. 나중에는 이름패까지 잃어버렸다. 그가 죽고 나서 무덤가에 한 포기 풀이 돋았는데 그 풀이 양하라는 이야기다.

요즘 우리는 정보의 홍수 속에서 허우적대며 살고 있다. 많은 음식 섭취가 소화불량을 불러오듯 많이 기억하려고 애쓰면서 빽빽하게 살고 있는 느낌이다. 도야마 시게히코는 『망각의 힘』에서 "망각은 머릿속에서 일어나는 배설 작용"이라고 말하고 있다. 편안한 몸을 만들기 위해서는 공복 상태가 필요하다. 먹은 것을 소화시켜 몸에 꼭 필요한 에너지만 남기고 나머지는 모두 배설해야 한다. 그래서 건강을 위해서 1일 1식을 선호하는 사람들도 있다. 모든 욕심을 내려놓고 잊고 산다는 것, 생각해볼 일이다. 이처럼 잊고 잊혀져야 새로운 인연이 찾아오고 진정한 자유를 얻을 수 있음을 말하는 것이 아닐까.

양하꽃이 보이지 않는다. 양하잎을 살며시 치마폭을 들추듯 훔쳐본다. 양하 꽃봉오리가 흙을 뚫고 땅과 맞닿은 곳에서 봉긋이 얼굴을 내밀고 있다. 그 곁에 난초처럼 기품 있게 노르스름하게 핀 양하꽃이 보인다. 수줍음 때문인가. 겸손함 때문인가. 햇살을 좇아 피지 않고 어둠 속에서 낮은 자세로 몸을 숨기고 있다. 세파에 물들지 않으려고 욕심을 버리고 초야에 묻혀 살았던 선비의 모습이라고 할까. 그 자태가 고고하다. 꽃받침은 통 모양이고 화관은 세 개로 갈라져 있다. 연노란 꽃은 뿌리줄기 끝에서 양파처럼 비늘잎으로 싸여 피었다.

흙을 살살 긁었더니 뿌리가 서로 엉켜 단단하게 땅에 붙어 있다. 낙숫물이 떨어진 도랑 길로 집 안에 물이 스며드는 것을 막았던 양하 뿌리, 변치 않는 사랑처럼 험난하고 척박한 곳에서도 꿋꿋하게 뻗어나간다. 손으로 뚝뚝 끊어 코끝에 갖다 대니 그 향이 생강과 비슷하다.

생강처럼 매운 맛은 덜하지만 『중약대사전』에 의하면 '맛은 맵고 성질은 따뜻하다' 하여 뿌리줄기를 약재로 써왔다. 혈액순환을 원활하게 하여 여성의 생리불순을 조절하고 기침과 가래를 멈추게 한다. 요즘에는 비만 치료에도 도움이 되는 식재료라고 밝혀졌다.

양하 꽃봉오리를 따 와 주방에 섰다. 양하 표고버섯 튀김으로 식탁을 꾸며보려 한다. 양하를 다시 들여다본다. 양하를 씻고 물기를 제거

해 거친 겉껍질을 벗긴다. 양하에서 민초의 삶을 본다.

명도암 마을에는 우영팟 구석진 자리에 양하를 심은 집들이 많다. 4 · 3사건으로 마을이 불타 한때는 사람들이 별로 살지 않았다. 노루만이 마을을 지키고 초가 처마 밑에 심은 양하를 지켰다. 가난해도 자신만의 향기를 품고 묵묵히 살았던 이곳, 왜 명도암 마을 사람들은 나이가 들수록 양하를 잊지 못하는 것일까. 양하 향으로 마을이 젖는다.

생표고버섯은 적당한 크기로 썬다. 바삭바삭한 식감을 위해 양하와 버섯에 녹말가루를 살살 뿌린 후 튀김옷을 입힌다. 표고 위에 함박눈이 내려 하얀 옷으로 갈아입은 듯하다. 그 속삭임이 나를 부드럽게 감싼다. 팬에 기름을 자작하게 두르고 튀기듯 지져낸다.

양하 꽃봉오리 튀김. 꽃봉오리 튀김이 얼마나 있을까. 호박꽃, 부추꽃을 튀겨 본 적은 있다. 꽃 튀김 상차림은 화사한 여인네 같다. 눈으로 먹고 코로 마시고 입으로 먹는다. 고운 보랏빛과 양하의 진한 향과 생표고의 쫀듯한 속살이 입안에서 피어난다. 혀로 느끼는 맛뿐 아니라 향으로 냄새로 느끼는 어머니 손맛이다. 나물로 먹을 때와는 달리 소박하면서 매력적이다. 잊고 지냈던 양하의 순간들이 그리움의 꼬리에 꼬리를 물고 가을을 부르고 추억을 부른다. 그 맛이 뇌리에서 되살아난다. 나의 소울푸드, 양하 표고버섯튀김. 그 향이 가을바람에 담벼락을 타고 넘는다.

우리 춤을 추어요, 베사메무초

드디어 장마가 끝났다. 구름은 한쪽으로 밀려나고 푸르스름한 기운이 하늘로 퍼진다. 햇볕이 반가워 아침부터 바지런히 빨래를 해서 널었다. 눅눅하던 옷에서 뽀드득 새물내가 난다. 날빛의 선물이다.

몸도 말리면 눅눅했던 마음 자락에 새물내가 날까. 그 냄새가 좋아 시내로 나갔다. 길에는 차량이 많고, 햇빛과 바람이 한꺼번에 쏟아져 내린다. 신호가 바뀌고 잠시 정차 중, 햇살을 피해 고개를 돌린 곳이 낯익다. 익숙함에 끌려 골목길에 주차하고 그곳으로 들어선다.

지상 21층 KAL호텔. 화려했던 불빛은 사라지고 겁에 질린 짐승처럼 건물만이 우두커니 서 있다. 입구에는 바리케이드가 걸쳐 있고 과거의 흔적들이 반사되어 흩어진다. 호텔 주변을 한 바퀴 돌아보다 주차장 입구 화단의 돌 위에 앉는다. 내가 언제 이곳에서 지냈더라. 가슴이 울렁이며 벅차오른다. 문득 추억으로만 남아 있던 그 자리의 지난 세월을 더듬는다. 1960년대 '제주여자중학교'라는 교문 간판, 귀밑 단발머리에 세일러복을 입은 여중생. 삼삼오오 짝지어 걸어 다니는 등굣길은 늘 함박 웃음꽃으로 행복했다.

어쩌면 나에게 있어 가장 아름다웠던 시절이 중고등학교 때가 아니었을까. 송, 죽, 매, 란으로 나뉜 70여 명의 콩나물 교실, 계절마다 색색의 꽃으로 아름다운 자태를 뽐냈던 교정, 따스한 얼굴들. 필름 영상처럼 스쳐 지나간 6년이란 그곳의 시간이 그립고 또 그립다.

교무실 옆 흙바닥에서 풍롯불에 부채질해가며 실습한 오므라이스, 접시에 담고 교무실을 들락날락하며 날랐다. 우리들 차지가 아니어도 선생님들의 흐뭇한 모습을 보는 것만으로도 즐겁고 기뻤다. 전도 체육대회를 위한 파라솔 응원 연습은 아직도 머릿속에 지워지지 않는 추억이다. 교내 환경미화 심사 준비로 교실 바닥은 짚으로 하얗게 밀고, 마룻바닥 교실에서 촛불 켜서 담요 한 장으로 벌벌 떨며 밤을 새웠던 기억도 잊을 수 없다.

칼바람 쌩쌩 부는 남문로 동산 길을 오를 때는 따뜻하게 입을 수 있는 옷이 마땅하지 않아 콧등이 벌겋게 되어도 참아야만 했다. 학교 길 건너 소방서 옆 콩나물 비빔국수는 추억의 맛이라고 할까. 입안에 착 감기던 그 고추장 맛은 쉽게 사라지지 않았다. 외출할 땐 교복을 입게 했고 교복 속에 색깔 있는 옷은 입지 못하게 규율이 엄격하였다. 시베리아 같은 맹추위에도 큰 불평 없이 학교의 규칙을 잘 따랐던 것이 지금과 사뭇 다르다.

가장 아름답고 그림 같은 아련한 추억이 있다. 중학교 2학년 점심시간. 방송실 스피커를 통해 흘러나오는 〈베사메무초〉. 운동장은 음악에 맞춰 황홀한 무도회장이 되었다. 잔디도 없고 붉은 카펫도 없다. 선후배 가릴 것 없이 누구나 자연스럽게 짝이 되어 원을 그려가며 무용 수업 시간에 배운 농염한 라틴 댄스를 추었다.

쿵쾅거리는 음향과 눈부신 조명이 없어도 등을 곧게 펴고 리라꽃 같은 소녀들이 애절한 노래에 맞추어 나비처럼 날갯짓을 했다. 댄스화도 아닌 운동화를 신고 풍성한 주름치마 스커트를 입고서 우아하고 낭만적인 분위기를 즐겼다. 스텝이 엉망이고 몸치, 박치로 어설퍼도 자신만의 아름다움을 드러냄에는 망설임이 없었다. 리듬에 맞추어 그냥 즐기면 그만이었다.

춤을 추며 웃고 떠드는 사이 어느새 리라꽃이 되어 우정을 나누었다. 서로 손을 맞잡고 스텝에 따라 파트너를 바꾸어나가며 만남과 이별도 알았다. 가까운 거리에서 조용히 몸으로 대화를 나누는 그 순간만큼은 사랑을 나누는 연인이 되었다고 할까. 잘 추겠다는 생각도 가난의 고달픔도 잊고 희망을 꿈꾸었다. 우리 학교에서만이 누린 평생 잊지 못할 풍경이다.

반세기가 지난 이곳에서 〈불타는 트롯맨〉의 우승자인 손태진의 〈베사메무초〉를 듣는다. 그의 달콤하고 농익은 음성이 그때 아름다웠던 기억을 불러온다. 나는 외로운 산타마리아가 되어 젊은 날의 리라꽃 향기를 전해본다. 우리 춤을 추어요, 베사메무초!

쓰리 킴의 질풍노도

딸에게서 카톡이 왔다. 외손자가 가방을 등에 메고 신발주머니를 들고 학교에 가는 모습의 사진이다. 밝은 얼굴로 V자를 그리는 장난기 어린 표정에 설렘이 가득하다. 학교에 가서 잘 적응하기를 바라는 마음으로 '파이팅' 하고 댓글을 달아주었다. 어느덧 자라 챕터의 첫 장을 넘기듯 배움의 여정이 시작되다니 뿌듯하고 감회가 새로웠다.

카톡 사진을 들여다보니 문득 까맣게 잊고 있던 나의 교직 생활이 영화 속의 필름처럼 되살아났다. 여러 슬라이드가 쉬지 않고 넘어가더니 한 슬라이드에서 깔깔거리며 발랄했던 제자가 머리를 흔들면서 달려오고 있었다. 가슴을 열고 빨리 그들과 포옹하고 수다를 떨고 싶다는 생각이 밀려왔다. 언저리에 남은 기억을 더듬는데 순간 멈칫하며 폭소를 터지게 했다.

교직 생활 중 공립학교 3년을 빼고는 사립학교인 모교에서 정년 퇴임할 때까지 있었다. 중고등학교 학창 시절과 교직 생활의 긴 시간을 모교에서 지내다 보니 교사보다는 선배 마음으로 지냈다. 신학기가 될 때마다 "나는 너희들의 왕선배다. 선배는 하늘이다."라며 악보의 솔에 맞추어 아이들에게 힘을 주며 노래를 불렀다. 그 후 왕선배로 불리어지고 기고만장한 기색으로 활기차게 지낼 수 있었다.

선생님들의 신음 소리가 들려오고 명퇴한다는 소식들이 들려왔다. '스승의 그림자도 밟지 말아야 한다.'는 존경심은 사라지고 학교 폭력과 체벌 금지가 시끄러운 논란으로 학교의 이슈가 되었다. 이제 더이상 '왕선배'가 먹히지 않았다. 신바람 콧노래 부르면서 출근하던 길이 넘을 수 없는 장벽으로 진을 치고 있었다. 선생님을 얕보고 오만하기 짝이 없을 정도로 무력화시키는 학생들이 한 반에 몇 명씩 등장한 것이다.

여덟 개 반 중 한 반이 유별났다. 김씨 성을 가진 학생 셋이 위풍당당하게 뭉쳤다. 모두가 쓰리 킴(Three Kim)으로 불렸다. 제1 쓰리 킴은 된장 항아리처럼 배가 나오고 코끼리처럼 덩치가 컸다. 체격만으로도 다른 사람에게 위압감을 주었다. 제2 쓰리 킴은 오뚝한 코에 선명한 얼굴이 연예인처럼 예쁘고 카랑카랑한 목소리가 매섭다. 제3의 쓰리 킴은 까불이처럼 다른 쓰리 킴이 말하면 거들면서 학급의 아이들을 제압했다. 이들은 수업 시간에 황당한 질문으로 시간 끌기 작전과 야유로 원하는 대로 수업을 이끌 수 없게 했다. 나만의 일이 아니었다. 그 학급에서 수업하고 온 선생님들은 한숨을 푹 쉬며 맥없이 들어오는 표정이 패잔병 같았다. 나도 수업하고 나오면 실패감에 아무도 보이지 않는 곳으로 숨어버리고 싶을 정도였다.

고등학교 입시가 코앞이라 아침마다 0교시 수업을 했다. 열변을 토하며 진지하게 수업을 진행하고 있었는데 교실 뒷문이 열렸다. 제1 쓰리 킴이었다. 미안한 기색 없이 들어와서는 맨 앞줄에 앉더니, 돌아서서 큰 소리로 말했다.

"수희야, 지금 희정이가 정류장에서 너 기다리고 있어."

그 아이를 훑어보며 화가 난 어투로 말했다.

"너 지금 뭐 하는 거니? 뒤로 나가 있어."

머리와 마음이 폭풍우가 몰아닥친 것처럼 엉클어졌지만 수업을 진행할 수밖에 없었다.

뒤에 서 있어야 할 쓰리 킴이 갑자기 보이지 않았다. 내 눈을 의심하며 교실 뒤쪽으로 가보았다. 아이가 쇠오름처럼 드러누워 있는 것이 아닌가. 짧은 치마가 말려 올라가 다리 속살과 속옷이 다 보였다. 배는 하마처럼 늘어지고 팔을 구부려 베개로 삼고 다리를 꼰 채로 자고 있었다.

내 머리에 쥐가 나고 온몸이 부들부들 떨렸다. '할 테면 해봐. 포기하는 게 좋을 거야.' 하고 나를 향해 고함치는 것 같았다. 그 순간 여태껏 지켜왔던 왕선배, 선생님이라는 왕골 같은 나의 트레이드 마크가 깨지고 있었다.

교사 생활에 어둠의 그림자가 드리우고 있다는 생각에 깊은 숨을 내쉬며 타종이 울리자 교실을 빠져나왔다. 내가 있어야 할 자리가 여기까지인가? 나는 뱀띠, 쓰리 킴은 쥐띠이다. 뱀띠와 쥐띠는 궁합이 안 맞다는 이야기를 들은 적이 있는데. 정말 띠가 안 맞아서일까? 오전 내

내 나에게 여러 가지 질문을 던졌다. 그러면서도 여기서 물러선다면 여태껏 지켜 온 교사 생활에 큰 혹을 달게 되는 것 같아 물러설 수 없다는 오기도 생겼다.

급식소에서 한 테이블에 있는 다른 선생님이 힘없이 식사하는 나를 보고 말했다.

"왜 식사를 못 하십니까?"

나는 씁쓸한 미소를 지으며 말했다.

"학교를 그만둘 때가 된 것 같아요."

아침에 있었던 일을 이야기하고 나니 그 자리에 앉아 있기가 너무 민망해 슬그머니 나와버렸다.

몇 년 지나면 더 있고 싶어도 있을 수 없는 교직 생활. 이렇게 끝내고 싶지 않았다. 슬픈 모습을 누구에게도 보이기 싫어 운동장 트랙을 무조건 걸었다. 내 인생의 절반 이상을 이 운동장과 함께 걸어왔는데……. 발걸음이 무거웠다. 아이들이 꽃봉오리를 잘 피워 좋은 열매 맺기를 바랐던 것들이 회오리바람에 날아가버린 느낌이라고 할까.

동료 선생님이 학생부장에게 나의 이야기를 했다. 그날 학생부장이 담임에게 알리고 퇴근할 무렵에 학부모를 학교로 오시게 했다는 것을 뒤늦게 알았다. 다음 날 오후 늦게 담임이 나에게로 다가와서 조심스럽게 말을 했다.

"오늘 10분만 늦게 퇴근하면 안 되겠습니까?"

"왜요?"

부드러운 목소리로 말할 수가 없었다.

"진영이 어머니가 학교에 오십니다."

그 말을 듣는 순간 얼었던 심장이 녹으면서 『열혈 수탉 분투기』의 수탉처럼 굴복하지 말아야겠다는 생각이 구름처럼 밀려왔다.

퇴근 시간이 되자 선생님들은 썰물처럼 빠져나가고, 몇 분 지나자 쓰리 킴의 담임이 진영이와 학부모를 모시고 교무실로 들어왔다. 전날 아침의 일이 영화처럼 순간순간 밀려오면서 몇 분 전에 물러서지 말아야겠다는 생각은 깡그리 무너져버리고 그들을 보고 싶지 않은 생각으로 도배하고 있었다.

담임 선생과 함께 학생부장이 가까이 와서는 "진영이 어머니십니다." 하고 말했다. 이어서 어머니는 딸이 법정 구속되었다는 소식 듣고 달려온 사람처럼 내 앞에 서면서 말했다.

"선생님, 정말 정말 죄송합니다. 제가 아이를 잘못 가르쳤습니다. 혼자 자식을 키우면서 먹고 살려니 아이한테 신경을 못 썼습니다."

딸의 일탈이 자신의 죄인 것처럼 눈물을 삼키면서 가정 형편을 늘어놓았다. 어머니는 전날 있었던 상황을 듣고 기가 막혔는지 얼굴이 달아오르며 흥분하다가 딸을 향해 꾸짖기 시작했다. 그러다가 의자에 앉아 있는 게 불편한 듯 일어섰다 앉았다 했다. 시장에서 생선 팔며 생계를 꾸려왔던 작은 체구의 강한 어머니 모습은 사라지고 갈 곳 없이 떠도는 비에 젖은 비둘기처럼 보였다.

진영이는 축 처진 어깨로 어머니 옆에 앉아 있었다. 그 아이를 보면서 나는 아무런 말도 나오지 않았다. '요즘 이런 어머니도 있구나' 하고 생각을 가다듬고 있는데 어머니가 딸에게 큰소리로 호통을 쳤다.

"의자에 앉지 말고 무릎 꿇어! 선생님께 잘못했다고 빨리 빌어!"

어머니의 목소리에는 딸을 향한 애증과 회한이 밀려오는 듯했다. 그러면서 또다시 어머니는 눈물을 흘리며 타들어가는 목소리로 말을 이어갔다.

"선생님, 제가 가르치지 못하는 거 학교에서 가르쳐주십시오."

잠시 아무도 말을 이어가지 못하고 교무실에는 침묵의 비가 내리고 있었다. 어머니의 토하는 울부짖음을 듣고 나니 안도감이 왔다. 그 울부짖음은 쓰리 김의 질풍노도의 끝을 알리는 종소리였다. 그날의 짓밟힌 굴욕감도 산산이 부서지고 있었다.

학교란 어떤 곳일까. 지식만의 전달 장소인가. 인생의 주인공으로 살아갈 수 있도록 배움의 길을 열어주는 곳이 아니던가. 교육자들의 사기가 많이 위축되고 그 역할을 감당해내기가 어려운 요즘이다. 그래도 누군가 삶을 바르게 살아가기 위한 길을 알려주어야 한다. 그게 교사가 아닐까. 사람은 혼자 살 수 없기에 다른 사람에게 피해를 주는 행동을 해서는 안 된다. 끊임없이 긍정적인 배려와 보살핌으로 제자리를 찾아가도록 도와주어야 하리라. 진영이의 손을 잡고 낮은 목소리로 말했다.

"공부도 중요하지만 서로 가장 소중한 것을 잊어버리지 말자."

어려운 수학 문제를 푼 것처럼 그동안 굳어 있던 얼굴 표정은 사라졌다. 진영이도 고개를 떨군 채 "잘못했어요." 하며 눈물을 훔쳤다. 나도 진영이를 가슴 깊이 끌어안고 "고맙다." 하고 뜨거운 화해를 했다.

한숨은 허공으로 사라지고 번개를 맞은 것처럼 주저앉았던 순간은 지나갔다. 그날 이후 쓰리 킴의 질풍노도는 끝이 났다. 교실은 봄날 벙글어지는 고운 꽃밭처럼 웃음꽃이 피었다.

탱자나무

고향 가는 길. 청신한 공기가 가슴을 파고든다. 마을 어귀에 들어서자 밀감 냄새가 마중한다. 탱자나무 담벼락을 지난다. 탱자나무가 잎을 떨군 채 가지마다 노란 탱자를 달고 있다. 고향 친구처럼 다가와 잠시 걸음을 멈춘다. 가을이 익는 향긋한 냄새가 폴폴하다.

밀감나무 농사를 많이 짓는 고향 마을은 울타리에 탱자나무를 심은 집들이 많았다. 할머니 집 담벼락도 탱자나무와 대숲으로 둘려 있다. 명절이나 기일이면 친척들이 할머니 집에 모여들었다. 집안은 명절 분위기로 시끌벅적했다. 어른들은 음식을 만들고 윷놀이도 하고, 오랜만에 만난 사촌들은 담장에 모여 딱총놀이를 즐겼다. 고무줄을 잡아당겨 공중으로 팽나무 열매를 팽~ 하고 날렸다. 열매가 겨울바람을 타고 튀어 오르다 떨어지는 그 광경은 뻥튀기라고나 할까. 날아가는 새를 어쩌다 맞히면 모두 손뼉을 치며 좋아했다.

그러다가 대나무로 탱자나무를 두드리며 흔들어댔다. 익은 열매가 수르르 떨어졌다. 열매를 주워 손에 넣고 굴리다가 던지기 선수처럼 아무 데나 힘껏 멀리 날렸다. 발갛게 달아오른 얼굴에 웃음이 넘쳐났다. 탱자 가시에 찔리면 아파 펑펑 울기도 했다. 우는 아이를 달래가며 가시를 따서 가시 끝에 침을 묻혀 콧등에도 손등에도 도깨비바늘처럼 붙이고 장난치면서 놀았다. 아픔도 즐거움도 알게 한 혈육의 시간이었다. 그래서 고향집 풍경은 푸근하다.

하얀 탱자꽃이 피는 봄이면 골목은 은은한 향기로 흥건했다. 흰 드레스를 입은 신부 같다고나 할까. 순백의 꽃이 너무 고와 함부로 다가갈 수 없다. 화려하지 않지만 생명을 잉태할 그 자리. 아름답다고만 느꼈던 그 꽃자리를 찬찬히 보고 또 살폈다. 꽃의 달콤함을 숨기고 그 자리에 크고 둥근 노란 열매가 맺히면 무수한 보름달을 보는 듯했다.

노르스름한 탱자를 주머니에 넣으면 향수를 뿌린 듯 싱그럽고 생기있는 향이 났다. 밤새 신열로 힘들어도 그 냄새를 맡으면 털고 일어날 수 있었다. 입에 넣고 깨물면 시큼한 즙이 톡 튀어나왔다. 그 알싸한 맛은 코끝까지 스며들었다. 어머니는 노랗게 익은 탱자를 주워 툇마루에서 말렸다가 고뿔이라도 걸리면 화롯불에 약탕기를 올려놓고 달였다. 그런 날은 달빛조차 탱자 향에 젖어 잠이 들었다.

잎과 노란 열매가 모두 떨어진 탱자나무 가시는 더욱 날카롭다. 세찬 바람이 부는 겨울 날씨만큼 차갑고 매섭다. 그래서 위리안치의 형벌이 탱자나무 울타리였는가. 날카로운 가시가 마음 한 자락을 붙잡는다. 꽃잎의 수호자로서 가벼이 드러내지 않는다. 꽃자리만큼 아픔이 없었을까. 줄기의 아픔이 옹이가 되어 바늘로 바뀌어 자라고 또 자라난다.

탱자나무가 사철 푸른 것도 색다르게 다가온다. 빽빽하게 가시가 들어차 있어 감옥의 창살 같은 이미지를 벗어날 수는 없지만 비바람에 찢기고 멍든 세월이 눈물겹도록 아픔으로 다가온다. 저마다의 굴레를 벗어나 세상을 바라보듯 지난 세월을 훔쳐본다.

누구나 탱자꽃처럼 화사하게 살고 싶어 하지 않겠는가. 그러나 삶이 그렇게 녹녹하기만 한가. 나뭇가지에 매달려 건너온 길을 바라보면 가슴이 내려앉는다. '가난과 빚'이란 가시는 맏이인 내게 짊어진 빼낼 수 없는 큰 가시였다. 가슴에 박힌 형벌 같은 가시들로 늘 어둡고 무기력했다. 아픈 가시에 찔려 일어서야 한다는 생각조차 할 수 없었고, 더 이상 아침이 오지 않을 것 같았다. 어쩌면 두 어깨로 하늘을 떠받들고 있는 아틀라스라고 할까. 삶의 무게가 나를 옥죄었다.

새벽에 쑤시는 몸의 서릿발을 털고 일하러 나가시는 어머니의 뒷모습을 보는 일은 큰 아픔이었다. 대학에 다닐 수 없는 처지에서 일주일 단식해가며 두드린 대학 문, 졸업하는 일은 너무 힘들었다. 4년 동안 전공 서적 한 권 없이 남의 책을 빌려 보면서 아르바이트로 독학하며 다녔다. 새벽이건 늦은 밤이건 가리지 않고 아르바이트를 했다. 그 수고의 대가는 받자마자 며칠 뒤 공중 분해되고 돈의 뒤꽁무니를 쫓아가기에 바빴다. 데이트 한번 하지 못하고 대학의 젊은 낭만도 즐겨보지 못했다. 등록금을 낼 때마다 "그만 다니라"는 어머니의 성화와 이웃들의 비웃음에 어둠이 내리고 고독 속에 갇혔다. 그럴 때마다 달력에 졸업 날짜를 써놓고 날짜를 지우면서 이불 속에서 울기도 많이 했다. 가난의 굴레와 빚 독촉에 시달리는 삶은 목구멍에 걸린 가시였다. 너무 아파 빼보려고 발버둥쳤지만 쉽지 않았다. 그렇지만 참을 수 없이 고통스러울 때마다 '이겨낼 수 있다'는 나의 선언문을 되뇌며 다짐했다. 스스로 토닥이며 벽을 기어오르는 담쟁이처럼 앞으로 걸어 나갔다. 삶 속으로 뛰어들어 가난의 자물쇠를 열려고 한 계단씩 밟으며 넘어섰다.

어둠의 터널을 건너고 보니 가시의 문제는 그리 중요하지 않았다. 무엇보다 그 아픔을 소중히 여기며 쓰다듬는 마음의 자세가 우선이었다. 가시를 있는 그대로 끌어안고 받아들였다. 혼자 아파하며 지쳤을 때도 나를 보듬으며 탱자나무로 서려고 했다. 조금은 낯설어도 껴안았다. 그러다 보니 인내와 부지런함이란 체화된 선물이 아픈 가시를 무디게 하며 어려움도 이겨내게 했다. 날카로운 가시는 나를 단련시키는 당근과 채찍이었다.

순간순간 크고 작은 가시들은 아직도 내게 남아 있다. '아무려면 어때!', 삶의 가르침으로 느긋하게 마음을 먹는다. 눈물 훔치며 아득한 불빛 찾아 걸어온 시간이 추억으로 다가온다. 그래서 느지막이 글을 쓰고 책을 벗 삼아 마음을 담금질하며 살고 있는 것이 아닌가.

탱자나무를 바라본다. 아슴아슴한 지난 세월이 떠올라 눈시울에 이슬이 맺혀 뜨거워진다. 홀로 걸어온 가뭇없던 시간들이 지나간다. 애틋한 기억이 소용돌이친다. 꿈에나 보일 듯 흐르는 이슬 같은 수루垂淚를 어루만져본다. 사철 푸른 탱자나무 가시의 울음이 손가락 사이로 빠져나간다.

해 질 무렵에

땅거미가 지면서 어스름 저녁이 찾아온다. 서산으로 기울어지는 해의 풍경은 아름다우면서도 서글프다. 나는 해가 뜰 때보다 해가 질 때는 허무주의자도 아니면서 더 감상적이 된다. 가끔 나는 노을빛을 받으며 안세미오름의 둘레길을 걷는다. 내 속에 있던 쓸쓸함이 해와 같이 어둠으로 사라진다. 노을이 지는 시간이면 어디론가 달리던 자동차도 속도를 낮춘다. 청명하게 울리던 저녁 예불 종소리도 묵언 중인지 고요하다.

붉은 해가 하늘과 들판을 물들이고 있다. 해의 궤적을 따라 일상의 분주했던 시간 속으로 걸음을 옮기며 요동쳤던 마음을 들여다본다. 모든 사물이 어둠 속으로 사라지는 해 질 무렵이면 한낮의 시간을 소홀하게 지냈다는 마음에 차분해진다. 어쩌면 해 질 녘은 하루 중에 가장 순수한 시간이 아닐까. 하루가 저물어갈 때면 남을 향해 먼지처럼 날리던 얼굴을 말끔히 씻고 싶어진다. 진정으로 누군가를 사랑하고 자신을 사랑할 수 있는 시간이 해 질 무렵이 아닐까.

하늘에 번진 노을의 붉은 자락을 바라본다. 나도 노을빛으로 물든다. 순간 짜릿하게 몰아의 경지에 흠뻑 빠진다. 해가 서서히 사라진다. 긴 노을의 그림자를 끌고 걷다 보니 쓸쓸함이 파고들며 어린 왕자가 훅, 하고 가슴을 훑고 지나간다.

"있잖아, 마음이 아주 슬플 때 해 지는 모습을 좋아하게 돼."

어린 왕자가 사는 별은 고개만 서쪽으로 돌리면 언제든지 노을을 볼 수 있다. 그래서 그 노을을 어느 날 하루에 마흔세 번이나 바라보았다니. 얼마나 외로움이 사무쳤으면 그랬을까. 친구라곤 장미 한 송이밖에 없는 어린 왕자.

"그렇게, 외로웠니?"

그 물음에 아무런 대답을 할 수 없다.

매일 모습을 달리하는 석양은 인간에게 주는 슬픈 선물 같다. 이별의 시간이라 그런가. 하나둘 작은 불들이 켜지면 어쩐지 눈물이 날 것 같다. 아름다우면서도 서글프다. 고독해지는 그런 느낌이랄까. 타라의 농장에서 해 질 녘 부르짖던 스칼렛의 옹골찬 외침, 그런 쓸쓸한 바람이 불 듯 지나간다.

찰나의 해넘이 시간. 노을로 온 하늘을 물들이는 순간은 세월처럼 짧고 강렬하다. 그 순간을 붙들 수 있는 사람은 아무도 없다. 피할 길 없는 인생의 해 질 녘은 누구에게나 찾아온다. 인생의 희로애락을 마음속에 꼭 담아두었다가 한 번씩 앨범처럼 펼쳐볼 일이다. 배경음악으로 〈스패니시 하트(Spanish Heart)〉를 깔아도 좋다. 주마등처럼 흐르는 영상에 숙연해지는 것은 누구나 갖는 감정이리라. 그래도 '내일은 내일의 해가 뜬다'는 사실에 희망과 생명의 하루가 시작되는 것이 아니랴.

흔들리는 나뭇가지만이 떠나간 찰나의 흔적을 말해준다. 해가 지는 저녁, 서쪽 하늘을 물들이는 노을은 황홀하다. 해넘이의 그림자를 끌고 생각에 잠겨 집으로 향하는데 어딘가로 돌아가고 싶은 상념에 빠진다. 그것은 고향도 아니고 그리운 이의 품도 아닌 바로 나 자신이다. 해가 지는 그 시간은 왜인지 허전한 마음이 크다. 삶이 노을처럼 아름다웠다고 고백할 수 있다면 얼마나 좋으련만.

발걸음의 속도를 한 템포 올려서 발뒤꿈치에 힘을 주고 걷는다. 마을 가까이 다다르니 햇살 아래 널어 말린 빨래를 걷는 이웃이 보인다. 바삭하고 달콤한 햇살의 향기가 내 몸 구석구석으로 퍼진다. 옆집에서 풍기는 고등어 굽는 냄새가 담장을 넘어온다. 들썩거리며 끓고 있는 두부된장찌개 냄비에서 따스한 감정이 파고든다. 행복한 저녁노을의 공양을 들이마신다.

해가 서서히 움직인다. 저녁노을이 나의 마음에 들어와 앉는다. 어린 시절 가난과 씨름할 때 하늘가에 번진 노을 자락을 보며 감당하기 힘든 고독 속에서 얼마나 위안을 얻었는지 모른다. 나의 어린 왕자가 보인다. 또다시 내일은 희망과 생명의 하루가 시작되리라.

삼양 바닷가 하늘에 흰 보름달이 걸려 있다.
달빛 물결이 갯바위에 속삭이듯 부딪히며 철썩거린다.
깊은 바다는 아무런 대답이 없다. 파도만이 일렁이며 춤을 춘다.

서리달에 부르는 노래

오인순 수필집

푸른사상 산문선

1 나의 수업시대 | 권서각 외
2 그르이 우에니껴? | 권서각
3 간판 없는 거리 | 김남석
4 영국 문학의 숲을 거닐다 | 이기철
5 무얼 믿고 사나 | 신천희
6 따뜻한 사람들과의 대화 | 안재성
7 종이학 한 쌍이 태어날 때까지 | 이소리
8 노동과 예술 | 최종천
9 은하수를 찾습니다 | 이규희
10 흑백 필름 | 손태연
11 인문학의 오솔길을 걷다 | 송명희
12 어머니와 자전거 | 현선윤
13 아나키스트의 애인 | 김혜영
14 동쪽에 모국어의 땅이 있었네 | 김용직
15 기억이 풍기는 봄밤 | 유희주
16 계절의 그리움과 몽상 | 강경화
17 오늘도, 나는 꿈을 꾼다 | 최명숙
18 뜨거운 휴식 | 임성용
19 우리는 영원하고 사랑도 그렇다 | 김현경 외
20 꼰대와 스마트폰 | 하 빈
21 다르마의 축복 | 정효구
22 문향 聞香 | 김명렬
23 꿈이 보내온 편지 | 박지영
24 마지막 수업 | 박 도
25 파지에 시를 쓰다 | 정세훈
26 2악장에 관한 명상 | 조창환
27 버릴 줄 아는 용기 | 한덕수
28 출가 | 박종희
29 발로 읽는 열하일기 | 문 영
30 봄, 불가능이 기르는 한때 | 남덕현
31 언어적 인간 인간적 언어 | 박인기
32 낡아도 좋은 것은 사랑뿐이냐 | 김현경
33 대장장이 성자 | 권서각
34 내 안의 그 아이 | 송기한
35 코리아 블루 | 서종택
36 천사를 만나는 비밀 | 김혜영
37 당신이 있어 따뜻했던 날들 | 최명숙
38 무화과가 익는 밤 | 박금아
39 중심의 아픔 | 오세영
40 트렌드를 읽으면 세상이 보인다 | 송명희
41 내 모든 아픈 이웃들 | 정세훈
42 바람개비는 즐겁다 | 정정호
43 먼 곳에서부터 | 김현경 외
44 생의 위안 | 김영현
45 바닥-교도소 이야기 | 손옥자
46 곡선은 직선보다 아름답다 | 오세영
47 틈이 있기에 숨결이 나부낀다 | 박설희
48 시는 기도다 | 임동확
49 이허와 저저의 밤 | 박기눙
50 지나간 것은 모두 아름답다 | 유민영
51 세상살이와 소설쓰기 | 이동하
52 내 사랑 프라이드 | 서 숙
53 수선화 꽃망울이 벌어졌네 | 권영민
54 점등인이 켜는 별 | 이정화
55 저의 기쁨입니다 My pleasure | 금선주
56 스물셋, 아무렇더라도 나를 사랑해준 사람 | 서용좌